殉教者シドッティ

Giovanni Battista Sidotti Martire

新井白石と江戸キリシタン屋敷

— 研究と戯曲 —

クロドヴェオ・タシナリ著

ドン・ボスコ社

タシナリ神父帰天記念出版によせて

日本のキリシタン時代には2万人ないし4万人の殉教者がいたそうですが、そのうち教会が聖人・福者として正式に認めたのは、1862年に26聖人殉教者、1867年に205福者殉教者、1987年にマニラで16聖人殉教者、2008年に188福者殉教者、あわせて435名だけです。残りは、十分なデータがなく、列福列聖調査が始められない状態です。データがないのは、記録されなかったためか、意図的になくされたためです。現代も、たとえば、共産党政権下で殉教した何百万人もの信徒、司祭、司教についてほとんどデータがありません。世界中の独裁者も、反対者を消し、証拠を闇に葬ります。しかし、私たちが信仰の自由を得ているのは、殉教者が命をささげたおかげです。もし命をかける人がいなければ、自由は得られるのでしょうか。

東京の文京区小日向には、殉教者を思い起こさせる「キリシタン屋敷」がかつてあった場所があり、それについて多くの研究が発表されています。しかし、現在は住宅地となり、記念碑以外ほとんど何も残っていません。ところが、第2次世界大戦直前にはまだ名残がありました。1940年、クロドヴェオ・タシナリ神父というイタリア人宣教師（サレジオ会）は、チマッティ神父に励まされてそれを調査し、1941年にその調査結果を出版しました。戦時中だったので、それを知っている人はほとんどいないでしょう。

タシナリ師は、とくに鎖国の時に日本に潜入し、キリシタン屋敷の最後の殉教者となったジョヴァンニ・シドッティという最後のキリシタン伴天連《ばてれん》について研究しました。新井白石の著書として有名な『西洋紀聞』は、このシドッティ師への尋問を通して得た証言に基づいて著されたものです。『西洋紀聞』には、シドッティ師が持参していたイタリアのドルチ作「親指の聖母」のスケッチも描かれていますが、1954年、このスケッチに基づいて上野の東京国立博物館でその名画の存在が確認され、重要文化財に指定されました。

さて、タシナリ神父の調査は現在のような住宅地に変わる前に行われましたが、その時点で確認されたある重大な発見は一般に知られていません。したがって、歴史的な価値があるその貴重な記録と写真をここでご紹介いたします。なお、本書の復刊にあたって私たちは再度現地を確認し、タシナリ師の記述と比較してみましたが、現況はどうなっているのでしょうか。

後半にはタシナリ師が同1941年に発表した戯曲『殉教者シドッティ』を収載します。序文の中で師自身が、それを書いた趣旨を説明しています。

復刊にあたり、漢字や仮名遣いは読みやすく現代の表記に直しました。ご協力してくださった方々に感謝いたします。

この本は、100歳を目前にして、2012年1月27日に帰天したタシナリ神父にささげます。

2012年3月17日　長崎の信徒発見の記念日に

ガエタノ・コンプリ神父

クロドヴェオ・タシナリ神父（1939年8月、27歳の頃）

シドッティ神父略伝

聖フランシスコ・ザビエルが1549年、初めてわが国にキリスト教を伝えてから、にわかに日本のカトリックは目覚ましい発展を遂げた。しかし豊臣秀吉の政権掌握時代に最初の迫害が起こり、徳川家康の時代にいたっていっそう激しく続けられた。

家康が死んだ時、すなわちザビエルの渡来より100年後に、日本のキリスト教は表面上ほとんど全滅したものと一般に信じられていたが、実際には秘かにこれを信仰する人が少なくはなかった。海中の離れ島の中や、交通が不便な山の奥にあって、信者の家々の裡《うち》に秘密は守られ、親から子へと信仰は継承されたのであった。

それは灰に埋まった火のごとくに、少し扇ぎさえすれば、いつでも再燃するはずであった。

しかし日本はカトリック宣教師の入国を妨げ、固く国を鎖《とざ》していた。

たまたまひじょうな苦心をし、この信仰の火を燃え上がらせようとして日本へ入り込んだ宣教師は、直ちに捕えられ、拷問《ごうもん》に遭《あ》い、牢死するか、磔《はりつけ》に処せられた。

この入国の企てもまったく絶えてしまったころ、すなわち18世紀の初めに、シドッティが出現した。彼は厳しい禁令を淩《しの》いで、江戸時代の日本へ入った最後の宣教師である。

ジョヴァンニ・バッティスタ・シドッティ（Giovanni Battista Sidotti）は1668年イタリアのパレルモ市の貴族の家に生まれ、ローマで修学した。その人格と学問によって、早くより教会の高位に就いていた。しかし若い時代から大きな理想を抱き、遠い日本にイエス・キリストの福音を伝えたいという憧憬《あこがれ》の念を抱いていた。もちろんこの理想を実現するには多大な困難があるのをよく知っていた。しかしそれを一度決心してからは、いかなる障害を排しても遂行しようとする彼の悲壮なる志を、ひるがえすものは何もなかった。彼は真の英雄であり、また聖人でもあった。己のあらゆるものをこの理想のために捧げた。

この目的をもって、彼はその輝かしい将来を捨てて、愛する母の祝福に送られて、1703年、本国イタリアを出発した。長い旅の途中しばしば危険な目に遭ったが、彼の決心は揺るがなかった。ジェノア、スペインのカディス、カナリア諸島を経て、アフリカの南端をまわり、インドへは、2年9か月目に着いた。そこからはフィリピンへ行く船がなかったので、やむをえず、機会を待つために同地に久しく滞留しなければならなかった。その間に彼はその地の慈善事業に尽くして、人々の尊敬を集めた。またその間に、イタリアで見つけた古い日本語の本で、かねてから着手していた日本語の勉強を続けた。やがて、1708年（宝永5年)、彼のために特別に造られた船で、イタリア出発以来5年目に、日本の土を踏むことができたのである。それは日本とはいっても薩南《さつなん》の一島、屋久島《やくしま》であった。

しかし上陸するやいなや直ちに見つけられ捕えられ、長崎へ送られた。長い訊問を受けたが、シドッティの日本語が理解し難いため、オランダ人の通訳を頼んだ。しかし、やはりそれでも要領を得なかった。長崎奉行は心配して、この由を江戸に報告したので、幕府から江戸へ差し送れという命令がきた。かくてシドッティは江戸キリシタン屋敷に幽閉されることになった。有名な新井白石が将軍より特別の命令を受けて、彼を訊問したのはここにおいてである。

新井白石は『西洋紀聞』のうちに、シドッティ訊問のしだいを詳細に記し残したので、後世ヨワン・シロウテの名をもって日本に知られている。キリシタン屋敷は信者のために造られた監獄であって、多くの宣教師や信者がその中に拘置されて死んだ。現今も、小石川区茗荷谷町[*1]にはその跡を見ることができる。昔は一町ほどの囲いの中に更に小さな囲いがあって、蔵や召し使いの家や

---

*1　現在の文京区小日向1丁目付近。

牢屋があった。当時使用していた井戸は今なお存在している。

この屋敷で最初の訊問を受け、終身禁錮の宣告を受けてから4年を経て、1714年（正徳4年）長助および妻のはるが信者となったことにより、新たに土牢に入れられた。

彼がこの土牢の中で苦しんでいるころに、マニラとヨーロッパでは、シドッティがその使命を達成し、宣教師のために日本の鎖国が解かれるのは近い、という大きな希望を有していた。ローマでは教皇様が彼を日本の教区長（代牧）に任命した。もちろんこの任命の報告は、シドッティの身辺へ届くことはなかった。そうとは知らず、この英雄的布教者は土牢の苦しみを忍んでいるうちに、その健康はしだいに損なわれ、1714年（正徳4年）10月21日、ついに46歳で世を去った。

彼こそは信仰のために、世の常ならぬ苦しみに堪え、ついには生命をもこれに捧げたのである。したがって私たちが彼を殉教者と称《よ》ぶのは真に当然のことである。

（1941年　クロドヴェオ・タシナリ記）

目次

殉教者シドッティ

新井白石と江戸キリシタン屋敷

― 研究と戯曲 ―

本書の原本は 1941 年 8 月、小社より出版された。

第１部

殉教者シドッティを訪ねて

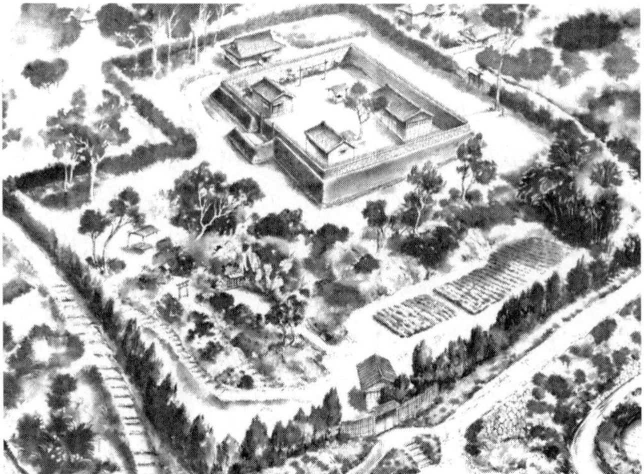

1
日本への旅

イタリア人宣教師シドッティについては、日本でも相当に知られている。すべての日本のキリシタン文献には、多少とも彼に関し記録されている。新井白石と彼との有名な問答は『西洋紀聞』によって広く知られ、「ヨワン・バツテスタ・シロウテ」[*2]という日本流の呼び方で知られている。ここには、まだ十分には知られていない西洋の文書によって、その日本にいたるまでの旅を記してみたい。なぜなら、日本上陸後の彼の行動については多くの記録があり、相当詳しく調べられているからである。しかし、そのために、当時の日本の状態について少し紹介しておくことにする。

17世紀の初めに日本の政権を徳川幕府が掌握し、同時に日本のカトリックのカルワリオ[*3]への道がしるし始められた。1614年に聖会史上、類をみない大迫害が起こった。日本の殉教記録は司祭、修道者、信者の名を満載せねばならなくなった。この際においてこそテルトゥリアヌスの「殉教者の血は新しい信者の種である」といっ

*2 『西洋紀聞』の表記による。

*3 イエスが十字架にかけられたゴルゴタの丘、転じて受難の意。

た言葉は、まことに千古の金言と言われている。

1636年三代将軍家光の時、鎖国令が出され、オランダおよび中国以外の外国とのあらゆる関係が断たれた。1640年マカオから修交使節が渡来したが、長崎へ上陸をもゆるされず、もちろん交渉するにもいたらず、その61名は斬られ、13名の水夫だけがゆるされてマカオへ帰った。ただし、それはとくに次のような通告をもち帰らせるためであった。

「この度の例のとおりに、ポルトガルから来る使節といわず船員といわず、たとえ嵐に流されて漂着しても、皆殺されるであろう。ポルトガルの国王自身であっても、あるいは、また日本人の尊信する釈迦であっても、またキリスト教の神であればもちろん生きては帰れないであろう。」

こうして日本は外国人に対してあらゆる意味で門戸を閉ざした。とくにカトリックの宣教師に対してはもっとも厳しく対処した。外国人が日本の土を踏んだからには死刑を覚悟しなければならず、まれに生存をゆるされる場合でも牢獄の中で一生を送らねばならなかった。

この間にも国内では迫害は続いていた。一時極めて盛んであった教会も、家光の治世の晩年にはほとんど存亡の危機に瀕していた。したがって、ザビエル渡来100年にして、日本のカトリック教会は全滅したものと思われた。しかし、深い信仰は容易には消えてはいかなかった。孤島の中や離れた村落に残った信者の心の中に、秘かに信仰は伝えられた。灰の下の火のように、ほんの少し息を吹き込みさえすれば、ふたたび燃えあがるほどのものであった。司祭のいない日本の信者を助けたいという強い希望を抱いて、幾度もカトリックの宣教師は生命の危険をおかして日本への入国を企てた。

1624年イエズス会宣教師ルビノの一行5人は、中国人を装って薩摩の甑島《こしきじま》に上陸したが、すぐに捕らえられ、長い責め苦を受けた後、全員栄光のうちについに殉教した。

翌年マルクェスの一行は筑前において捕らえられ、長崎へ、さらに江戸へと送られ、牢獄に入れられたが、後の様子はまだ明らかに知られていない。

1647年ドミニコ会員5人は、日本へ行くためにマニラを出発したが、嵐にあって吹き返された。

1662年イタリア人司祭サッカーノは、日本へ上陸後まもなく発見され、ついに獄中で死んだ。

このほかにも渡航を企てた者はある。その多くは上陸したことだけがわかっていて、そのほかのことは永遠の謎である。

日本入国はすなわち生命の喪失であるという厳しい事

実をわかっていても、マニラにもヨーロッパ諸国にも、日本の信者のために犠牲になりたいと希望する宣教師が絶えなかった。

ローマの宣教聖省の1659年の文書の中に、次の一節がある。

「パオロ・コネド・ヴェレンチーノはメルセス会の修道士にして、36歳、長上の賛成を得て日本に布教するため、渡航の誓願を立てたが、病気や種々の障害のために、実現せずして終わった。しかし、後に一度スペインから東洋の方へ出発する船に便乗しようとしたが、その時はもはや46歳になっていたので、旅の困難や、東洋語習得の不可能を予想して国王は許可を与えなかった。それゆえに当人はこの誓願を変更して、ほかの可能な善行にしてもらうためにローマへおもむき、教皇聖下に嘆願書を奉呈した。」

1707年の他の文書には次のように記されている。

「ミケレ・オルナンデス神父。ブリンディジ市（イタリア）の司祭で、この人は、信仰のための殉教の誉を得たいと、日本へ行くことを望んでいるので、かかる長い旅に対して教皇聖下に寛大なる御喜捨を嘆願する……」

しかし、この手続きはこれで終わったようである。

以上のような計画が絶えたころ、すなわち18世紀の初めにシドッティが現れた。彼は徳川幕府の布教厳禁にもかかわらず、日本に入国することができた最後の宣教師である。

ジョヴァンニ・バッティスタ・シドッティは、1668年イタリアのパレルモ市の貴族の家に生まれた。兄も同じく司祭で町の司教の総代理であった。彼はローマで勉学したが、その優れた徳と深い学識のために皆からも尊敬され、早くから教会の高い位置を占めていた。しかし彼は若い時から日本宣教の大きな希望をもっていたのである。彼はその理想を実現するのは困難なことをよく知っていた。それでも日本宣教を自己の使命と考えていた彼は、自己の将来を捨て、母と兄との祝福のもとに1703年春の初め、イタリアを出発した。中国へ行くトゥールノン司教と共にジェノアより乗船して、スペインのカディスを経て、カナリア諸島でフランスの船に乗り換え、アフリカの南端を廻ってインドのポンディセリに着いたのは同年11月6日であった。そこでトゥールノン司教を助けて教会の種々の問題を片付けた後、司教と共に次の年の7月21日マドラスから船に乗り、9月にマニラに着いた。トゥールノン司教は広東へ渡ったが、シドッティはフィリピンに留まった。日本へ行く便船がなかったので、彼のマニラ滞留は4年の長きにわたった。この4年間における彼の行動については、同地の宣教師アゴスティン・デ・マドリッドが教皇クレメンテ11世に送った報告の中に見られ、シドッティの日本までの旅行記と題して貴重な文献になっている（1717年に印刷された）。

シドッティはマニラにおいて大いに働いた。慈善事業を助け、布教に従事した。病院内に住んで病人の看護にあたり、寄付金を募るために奔走した。その上、子どもたちのために教理を教え、兵士に学ばせ、特別に悔悛の秘跡[*4]と臨終にある人を助けることに昼夜の区別なく従事した。彼のこのような献身に対して多くの人々より尊敬を受け、聖人として目《もく》されるようになった。例えば、ある行列の時、彼は水溜まりの中に跪《ひざまず》いていたけれども少しも濡れなかった。また人の心を見透したり預言したりすると人々から信じられていた。

彼が病院の拡張や神学校の建設のために寄付を募った時、容易に成功したのは彼の徳の結果である。彼はこの神学校を教皇聖下の名誉のために聖クレメンテ神学校と

---

*4 現在の「ゆるしの秘跡」のこと。キリスト信者が自分の罪を司祭に告白し、神のゆるしをいただく式。

名づけた。

教皇聖下はこれを聞いて、彼にその事業を続け、かつ完成させるためにマニラに留まるようにとお命じになったが、この手紙が来た時にはシドッティはすでにその地にはいなかった。

彼の日本への航海はなかなか実現しなかったが、決してあきらめなかった。スペイン人は彼の強い決心に感心し、総督自ら先に立って彼のために小さな船を造るだけの金をととのえた。また、船長ミグェル・デ・エロリアーガは日本までの案内を引き受けた。

1708年8月25日、彼はサンタ・トリニタード号に乗船した。町の人々は皆、岸に出て別れの涙を流した。これを見ても町の人々がどれほど、彼を愛していたかがわかる。シドッティは深く感動し、皆に天を指し、民衆を祝福した。

航海は困難を極めた。逆風が吹いたし、海は荒れていた。したがってマニラから日本との間2000キロを航海するのに6週間以上を要したのである。

シドッティは船中の日々をほとんど、祈りのうちに過ごした。また病人を看護したり、日本語を勉強したりした。睡眠時間は極めて短く、食物はごく少量であった。厳格な時間割を作って、毎日これを守った。そして常にその生活はおだやかであった。主のことや自分の旅の目的について黙想していたのである。

ついに10月9日、日本の島々が見え始めた。まず屋久島が、次いで右手の前方にあたってポルトガル人が最初の足跡を印した種子島《たねがしま》が、少し向こうにはフランシスコ・ザビエルの上陸した鹿児島湾が開けていた。次の日、屋久島の付近で日本の漁船を見つけた。ボートをおろして、これに数人の水夫とマニラから連れて来た未信者の日本人が乗り込み、漁師の船に近づき交渉を行ったが、漁師たちはそれに応じなかった。せめて飲料水だけでも供給してほしいと頼んだところ、長崎に行けと言って拒まれ、仕方なく本船に帰った。シドッティは自分1人でもう一度交渉してみたいと思い、ボートに乗ってその船に近づいて話したが、これも同意を得られなかった。船に帰ってから今日のうちに上陸しなければならないと決心して、自室に入り静かに長く祈った。そして支度《したく》を始め、種々の手紙を書いた。その中の1つは教皇聖下に宛てたものであるが、それは翌年ローマに届いた。

さて、その晩、水夫と共にロザリオを唱えた後、病人に最後の見舞いをし、支度を終えるためふたたび自室に戻った。彼の準備した荷物は極めて少なく、ミサ聖祭に必要な道具、「悲しみの聖母」のご絵、1637年に日本で殉教したマストリック神父のもっていた十字架、苦行用の2つの鞭や道具、そのほかにはわずかの衣類と書籍数冊とを旅行用の袋に入れた。

水夫たちが甲板に集まっていると、日本の着物を着、髪も日本人風に結び、武士のように刀をさしたシドッティが現れた。彼はにこやかにほほえんでいた。別れの様子は実に感動的な光景で、すべての人々の足に彼は接《せっ》吻《ぷん》し、黒人のボーイにもそのようにして、彼らの祈りを求めた。船から下ろされたボートには8人の水夫と案内者と船長とシドッティとが乗った。ボートはすぐに闇の中に消えた。屋久島に着いてから、上陸するまでにはずいぶん手間取った。上陸するとただちに彼は神に感謝し、跪《ひざまず》いて久しくあこがれていた希望の国土に接吻した。それは10月10日のことであった。

スペイン人たちは彼と共に山の中まで行ったが、彼に別れて浜へ帰ってみると、沖には船の姿が見えなかった。ボートで数時間探してもついに無駄であった。しかし、シドッティは一同が無事に帰れることを預言していた。そのとおりに、本船はふたたび現れ、全員無事に帰船し、風の具合が好《よ》かったので10月29日にマニラに帰着した。

シドッティはただ1人、島に残された。その後の消息については、長い間明確な報告がなかった。後に、日本の文書とオランダ人ヴァレンティンの著書によって彼のその後のことが判明した。

『長崎夜話草《ながさきやわそう》』には、シドッティの上陸に関して次のように記されている。

「寛永の比《ころ》にや（1704 ～ 1710 年）羅馬邪法《ろまじゃほう》の徒《と》、呂宋島《ルソンとう》に来り居て、彼地《かのち》の船に乗りて日本薩摩の国、夜久《やく》の島に着きて一人船よりおろし置きて、いつち行けん、しる人なし、此《こ》の一人日本の風俗を似せて月額《さかやき》を剃り、日本の衣服を着て、刀一腰をさし、初めは山中にかくれ居て、杣木《そまぎ》きる山人、又は炭焼の翁《おきな》などに日本詞にて食物など乞《こ》ひて、その質に金《きん》子《す》などとらせれば、いとふしぎに思ひ、殊に実の日本人のさまにかはりたれば、その山家の長に告げ、段段に聞き伝へぬれば、人みな怪しくおもひて終《つい》に国王のもとに聞えて吏役《りえき》の士あまた、さし遣《つか》はし、めしとらへて長崎に送りやられぬ。其《その》人物毛髪は黒くして紅毛《こうもう》の如《ごと》くに赤からず、眼も紅毛人のさまにあらず、から日本の人とおなじ、鼻のすぐれて高きこそ同じからね。いたりや《イタリア》、らうま《ローマ》国の邪法の張本《ちょうほん》にて世界所々の国に邪宗すすめにめぐりありくものなるが、あまた有るが中に、おのれは日本に来れるなり、日本の詞《ことば》にてところどころ自答へて通辞《つうじ》を要せずとかや、日本詞をさまさま書き付《つけ》たる横文字の書一冊常に手をはなさず持て是《これ》をひらき見て応対せしと聞ゆ、おそろしき事にあらずや。この異人則《すなわ》ち長崎より江戸へ送りつかはされ、獄屋に入れおかれて、其の後の事は知る人もなし。」

彼は上陸した夜とその翌日にわたって島内をめぐり歩いたが、間もなく島司《とうし》の役所に知られたので捕えられ、鹿児島に送られた。異国人の問題は長崎で主として調べていたから、さらに長崎へ護送された。長崎では奉行から種々の訊問を受けたが、シドッティはイタリア語、ラテン語、ことにその乏しいわかりにくい日本語で返答した。

この時、長崎の出島に、日本で貿易をゆるされていたオランダ人が住んでいた。出島の中に閉じ込められていたプロテスタントの彼らが通訳に頼まれた。しかし、その結果は同じであった。当時の東洋のことを書いた有名なオランダ人ヴァレンティンはこのイタリア人に対する種々の訊問の詳しい話をその著書の中に残した。その中には次のとおりシドッティについて述べている。

「彼は数人の者に引き立てられ、手はうしろで縛られたまま入って来た。丈は高く、痩せており、青ざめて面長である。鼻高く髪黒く、日本風にした頭は月額が延《の》びて崩れたままとなり、髭《ひげ》も延び、日本の着物を着《つ》けていた。首には大きな十字架をかけ、手には念珠を持ち、腋《わき》の下に2冊の本を抱えていた。話をすることもできないほど疲れており、時々天の方に向かって口を動かしていた。」

長崎の役人はこのシドッティの問題を決定することができず、ただ心配していた。このような問題は久しく途絶えていたのである。そして日本入国の厳禁されているのを知らなかったかと尋ねられて、シドッティはこう答えた。

「よく知っていましたが、この厳禁は私には関係がないと思いました。私はスペイン人でもポルトガル人でもなく、イタリア人ですから。」

長崎の人はポルトガルとスペインとオランダについては知っていたが、イタリアについてはほとんど知らなかった。それゆえに役人は処置に困り、江戸へ注進して、これに対する訓令を仰いだが、ちょうどその時、将軍綱《つな》吉《よし》の逝去があり、その混雑に取りまぎれ、放置されていた。翌年、家宣《いえのぶ》が将軍職を継いでから、江戸より命令が発せられ、シドッティは長崎から江戸へ送られた。

彼は1709年10月末頃、長崎を出て、12月の初めに江戸に着いた。途中の護送は、はなはだしく苦痛を伴うものであって、殉教に準ずるものであった。というのは、駕籠《かご》の中に入れられ、日本人のようにすわったままで、出ることも動くこともできなかったからである。彼の体格はとくに大きかったから、それだけに苦痛もはなはだしかった。後には人に助けられなければ歩くことさえできないほどであった。しかしこの護送の時でも彼の態度は極めて静かであり、常に祈りのうちに潜心していたので、付き添いの役人もこれには感心して、尊敬の意を表していた。

江戸に着くとすぐにキリシタン屋敷に幽閉された。江戸では将軍家宣からとくに取調べの命を受けた新井白石が彼を待っていたのである。

2
キリシタン屋敷

キリスト教を厳禁した後にも、国内に新しい宣教師や信者が発見されたので、幕府は潜伏しているキリシタンをますます追求し、これを裁くためにキリシタン宗門奉行を置いた。

最初のキリシタン奉行は井上筑後守《ちくごのかみ》政重《まさしげ》であった。彼は正保元年より3年までの間（1644 ～ 1646 年）自分の山屋敷を監獄の用にあてた。[*5] この山屋敷は江戸の北西、今日の小石川区茗荷谷 [*6] に位置していた。

この牢舎は、正保3年のころ、前に伝馬《でんま》町の牢にいたマルクェス宣教師等の一同も入れられている。彼らの中でよく知られているのは、イタリア人ジュゼッペ・キアラ（岡本三右衛門）であるが、彼は 40 年間この屋敷に閉じ込められ、1685 年 84 歳で死んだ。彼は小石川の無量院に葬られたが、後にその墓は 1909 年に雑司ヶ谷墓

*5 他の資料によれば寛永 18 年（1641 年）頃から収容していたとある。その後、1646 年（正保 3 年）屋敷内に牢獄が建てられ、宣教師や武家階級のキリシタンを収容して、教義などを尋問し、あるいは棄教を迫った。

*6 現在の文京区小日向 1 丁目あたり。

キアラ神父の墓に花を供えるタシナリ神父
（練馬のサレジオ神学院にて）

地2等地5号12に移されて現在におよんでいる。[*7]
　さてこの牢獄はとくに宣教師とキリスト教信者の収容

*7　タシナリ神父は、この文章を書き記した2年後、雑司ヶ谷墓地の管理人からキアラ神父の墓碑を練馬のサレジオ神学院に移す許可を得た。1950年、同神学院が調布市に移転した時、墓碑も一緒に移された。現在、サレジオ神学院の敷地内、チマッティ資料館の横に安置されている。

にあてられたが、時には一般の罪人をも収容したことがある。そして死刑もこの中で行われたことが確かである(『査妖余録《さようよろく》』には20年間に8人死刑に処せられたとある)。

キリシタン屋敷は小さな丘の傾斜上に位置し、一町《いっちょう》四方ほどの囲いをめぐらされ、中にさらに小さな囲いがあり、この小さな囲いの中に、三間《けん》に二間半の二階建ての蔵や、召し使いの家や、五間に二間の牢屋があり、また井戸もあった。そしてこの蔵の中には、牢屋に幽閉されたバテレンの所持品が収められていた。またこの牢屋は木造で、シドッティの閉じ込められていた所である。吟味所は小さな囲いの西外にあった。門は2つあり、表門は南西にあって、茗荷谷に面し、裏門は北にあった。この裏門には貞享4年（1687年）キリシタン奉行青木遠江守《とおとうみのかみ》がキリシタン禁制の高札を掲げた。シドッティの死後数年にして、この牢獄は焼失した。

その後、別に必要もなかったので、もはや再建されることがなかった。寛政4年（1792年）にはキリシタン奉行は廃止され、この屋敷はまったく武家屋敷となってしまった。なお前記の蔵の中にあったバテレンたちの物

シドッティが日本に携えてきた「親指の聖母」
東京国立博物館蔵

はどこに移されたか不明である。[*8]

現代においてはこの有名な牢獄について、多くの研究

*8　タシナリ神父は戦前にこう書いたが、1954年、新井白石がスケッチした、シドッティが持参した「親指の聖母」の絵画などが、東京国立博物館で発見された。当時、タシナリ神父は日本のサレジオ会の管区長であり、碑文谷のサレジオ教会の献堂式を準備していた。この発見にちなんで、碑文谷教会は「江戸のサンタマリア教会」と名づけられ、献堂式から数か月間この作品は特別に碑文谷教会に貸し出され、公開展示された。東京国立博物館で確認したその絵画は、持ちやすい形で、銅版の上に描かれた油絵である。イタリアの画家ドルチの作と考えられる。

が出ている。また、キリシタン研究家でこの屋敷跡を知らぬ人はない。大正７年に東京府はここを記念するために石碑を立てた。[*9] それは今もなお昔の跡をかすかに物語っている。昔のキリシタン屋敷であった静寂な場所は今では個人の屋敷となっている。

「切支丹屋敷跡の碑」（現在は所在不明）を指し示すアントニオ・コルッシ神父

*9　この石碑は戦後まもなくは残っていたが、後に撤去され、所在は不明。

江戸キリシタン屋敷の想像図（黒澤武之輔 画）

役人の住居
裏門
ヨワン榎
牢屋
井戸
蔵
表門
八兵衛石
（夜泣石）
庚申橋

3
新井白石とシドッティ

キリシタン屋敷の吟味所において新井白石がシドッティを訊問した時の経緯については、『西洋紀聞』(岩波文庫)にも詳しく記されている。私は、白石とシドッティの対談について感じたところを簡単に述べてみたい。

白石とシドッティは単に面接しただけの２人の人物ではない。それは互いに相異《あいこと》なった文化、互いに相異なった世界の出会いを意味している。白石は東洋および日本の古代よりの文化を代表し、シドッティは西洋およびローマ的ならびにキリスト教的イタリアの文化を代表していた。その深い学識と良い人格とをもつこの２人こそは、立派な両方の世界の代表者であった。この２人を介して両方の文化の間の注目すべき対話が成立したのである。その結果、日本は西洋を理解するための一歩を進めることができた。白石はシドッティの広い学識を利用して西洋の事情を探知し、『西洋紀聞』を表して日本人にそれを知らせようとした。そのため、中国において絶大な尊敬を得ていたマテオ・リッチのように、日本におけるシドッティも西洋の知識移入の一恩人として尊敬されてもよいと思う。『西洋紀聞』を読むにはこの点を充分認識しておかなければならない。したがって、また東西両世界の文化の特徴をあらかじめよく知っておく必要がある。

江戸における訊問に際して、言語の不理解による困難がないではなかったが、白石はシドッティの不十分な日本語と、手振りによって大体を理解し得たのである。

しかし、もっとも重大な困難は、2人の有していた相異なる学識と信念とを理解することであった。地理・数学・天文学については良く理解できたが、こと一度宗教や哲学におよぶと、たいへんな距離が両者の間にできてしまうのであった。シドッティはキリスト教の話をすることを望んだが、白石にはその論法が受け入れられなかった。これを理解する特別の準備と思考法が必要であった。

しかし面白いことには、かかる困難にもかかわらず、2人は心から互いに尊敬し合い、理解のゆかぬ点にも一概に排斥せず、忍耐し合ったのである。それこそは普通の弱い人間の心を超越している偉人の特徴ともいうことができよう。国境を越え、宗教や哲学を超えて、相異なった教養と文化とをおよぶ限り近づけて理解し合おうとする努力は、必然的に憐憫《れんびん》の情をさえ2人に抱かせたのである。

シドッティは白石がイエス・キリストの崇高な教えを

悟ることができないのを嘆いた。白石は白石でシドッティが間違った宗教の中で育ったことを憐れんだ。普通の人ならば軽蔑し合うのが当然であるが、この2人の場合は同情がそれに代わった。ついにさらに心に友愛の美しい感情も生じさせたほどである。

シドッティが死刑を免《まぬが》れたのは、おそらく白石の尽力のおかげであったのだろう。こうしてシドッティは、数年間、キリシタン屋敷に幽閉されたまま、その中で息を引きとったのである。

さらにこれを別の面から考えるなら、白石とシドッティは、日本とイタリアとの間の親善を象徴するものとみなし得るのである。すなわち2人の間の心の交流は、現代の日本とイタリアの両国関係をほうふつとさせるものということができるからである。[*10]

日本は2600年の歴史と、独自の文化、世界無比の国民精神を誇る大帝国である。イタリアはローマ文化の相続者であり、日本と同様に久しい歴史を誇り、かつキリスト教的精神の守護者であり中心であって、日本と多くの類似点をもっている。だからこそ、これほど遠くへだたった両国に培われてきた国民の文化・教養・風俗・宗教がはなはだ異なるにもかかわらず、現在、両国は親善

*10　1940年に日本、ドイツ、イタリアの間で締結された「日独伊三国間条約」に基づく同盟関係をさしていると考えられる。

の契りを結んでいるのである。白石とシドッティの関係において見られるように、両国は、互いに理解し合い、助け合うように運命づけられている２つの偉大なる存在である。

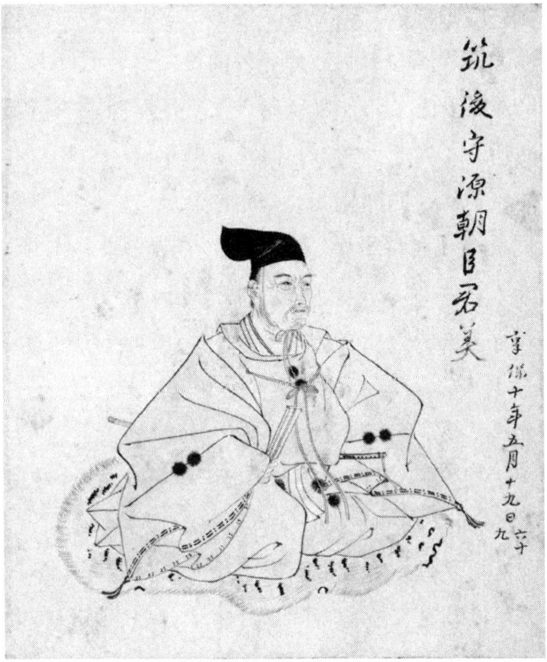

新井白石　（国立国会図書館デジタル化資料肖像集より）

4
最後の牢獄と死

このたぐいまれな人物、シドッティの日本渡来からキリシタン屋敷に入れられるまでのことについては充分に知られている。しかし彼の死の前後についてはあまり明瞭ではない。ところが私は幸いにも種々探求の結果、この点に新たな光をもたらし得たと思う。

新井白石は『西洋紀聞』の中において、最後の訊問の後（したがって将軍からの処刑の宣告のあった後）、この異国人がキリシタン屋敷に閉じ込められ、その受けた待遇もあまりひどくはないと書いている（宝永7年、1710年）。

しかし、数年後に、一事件が起こった。すなわち1714年（正徳4年）の終わりごろ、召し使いの長助とその妻はるは、シドッティの徳に感じ入って回心し、ついに洗礼を受けた。この事実が役人に知られてから、シドッティは新たにまた審問され、いっそう厳しい刑の宣告を受けることになった。その時、彼に与えられた判決は『通航一覧』巻190に見られる。その大略を言えば「御上《おかみ》の命により今までは良く取り扱ったが、しかし今は法律を軽蔑して禁制の邪教を教えたから、さらに厳しい牢屋に入れられるのである」と記されている。

長助は同じ宣告を受けた後、10月7日に病死した。そして「ローマ人もその月の半ばより病気になって同月21日夜中に死んだ」と白石は付け加えている（『西洋紀聞』岩波版）。シドッティの死んだのは正徳4年のことで、西暦1714年にあたる。[*11] この最後の宣告の後、間もなく死んだということは、2度目に下された牢獄生活がそうとう苦しかったからだと考えても間違いはないだろう。しかし、この牢獄生活がどのようであったのだろうか。あれほど詳記した新井白石が、それについてはほとんど沈黙している。

それに関して語っている歴史家はオランダ人ヴァレンティンとシャルレヴォアである。ヴァレンティンはその著書にシドッティの死について次のとおり記している。

> 「四尺乃至《ないし》五尺の穴の中に閉じこめられ、そこには食物を差し入れるための小さな口だけが開いていた。この恐ろしい状況により、彼は窒息して死んだ。」

シャルレヴォアは10年以前に出たこのヴァレンティンの記事を知らなかったが、中国からこれによく似た次

---

*11 タシナリ神父はここで正徳5年、西暦1715年と書いていたが、一般に1714年（正徳4年）10月21日に亡くなったとされている。

の情報を得て記録に留めた。

「彼は動くこともできないほど狭い四方が皆壁の中に入れられた。その責苦のうちに餓死をした。」

しかし、この話をどの程度まで信用することができるだろうか。ことにヴァレンティンの言葉に対してである。

学者はプロテスタントであるオランダ人がカトリック教会に対して強い反対思想をもっていたことはよく知っている。シドッティも長崎で訊問を受けた時、オランダ人が単に通訳としてそれに加わることにも、嫌悪の情を隠すことができなかった。このような理由のある以上は、後世の歴史家はヴァレンティンの言葉をことごとく信用することを躊躇する。ある人はヴァレンティンのこの一節を、彼がカトリック宣教師の日本入国を妨げるために、また彼ら自身の利益を擁護するために作った讒言《ざんげん》であるとも考えた。

しかし私は必ずしもそうとばかり一概に思う必要はないと考える。前に述べたこのヴァレンティンとシャルレヴォアの文書とがむしろよく符号し、さらにそれを確かめることのできる日本の文書が存在するからである。すなわち「縣官乃更囚豫瀯於圈。方々数尺。僅可容身。食之以粥。不復興與饅頭氷糖」との記載がされている『紫《し》芝園《しえん》謾筆《まんぴつ》』がそれである。

5
1940 年の現地調査

とにかく、以上の記事を裏書きする証拠を、私が小石川の江戸キリシタン屋敷跡を昭和 15 年（1940 年）5 月 30 日に訪ねた際に見つけた（私は聖地へおもむく巡礼のような心持ちをいだいて行った。それまでにシドッティについて研究して得たすべての事実を頭に浮かべ、胸がおのずとおののいた）。

キリシタン屋敷に関する最近の研究によって、昔の屋敷の位置と形とをかなり充分に知ることができる。元キリシタン坂と呼ばれたところに最近作られた立派なコンクリートの段があるが、それをくだって行き、西北のほうへ向かって昔の庚申《こうしん》坂に通じる小路へ入った。この庚申坂は昔のキリシタン屋敷を東から西へ貫いているのである。[*12]

庚申橋でしばし立ち止まり、写真を撮った。これは昔のキリシタン屋敷にあった入口の１つの前に架かっていた橋であろう。また、獄門橋とも言われた現在の橋は庚

*12　タシナリ神父が言う「元キリシタン坂」は現在の庚申坂と考えられる。キリシタン屋敷跡を東から西へ貫く坂が、現在のキリシタン坂。江戸時代の文献を見ると、どの坂をキリシタン坂と呼んだか諸説あることがわかる。

申橋である。そのそばに庚申像が立っていたから、そう名づけられたのである。その像はキリスト教信者の奉ずる神に反対するためか、またはこの像によって守られるために設けたのであろう。この橋も少し以前までは涙橋と言われたそうである。キリシタン屋敷は元来カトリック宣教師収容のために造られたのであるが、後には他の罪人もここに入れられた。ことに明暦3年伝馬《でんま》町の牢屋が焼けた時には、罪人はこの牢屋に移された。死刑もここで行われたので、処刑者の親族の者や友人がこの橋までついてきて泣いて別れた。それで、涙橋と名づけられたのである（ヴェネチアの「溜息の橋」がおのずと連想される）。

涙橋を越えると坂になる。この坂の上のほうの左側に徳田鐵三氏の新しい家が建っている。[*13]私は同氏を訪ねたが、夫人から親切にもてなされた。キリシタン屋敷の大部分を一望して眺められる座敷で種々の話を伺った。その主要なる点について次に記してみよう。

「この下にある平地の右に（庚申橋から昇《のぼ》ってくれば左方にあたる）珍しい穴が発見されました。しかし家を建てるために埋めました。」

---

*13　現在はその地、すなわちシドッティ神父の殉教地に菅沼櫻子氏の家があり、その自宅内には祈りのための場として「シドティ記念館」がある。

夫人は偶然にこの話をされたのであるが、私の脳裏へある光が差し込んだ。それについて詳しく知りたいと希望したが、徳田氏は最近引っ越して来られたばかりでよく知らなかった。「しかし、その穴を埋めた人がちょうど今日、家に来ています。お望みならば呼びましょうか」と言われた。

その人（渡邊氏）は最近遠方へ移ったので、ここに居合わせているのはまったく偶然であった。私は非常な興味を感じながらその人を待った。渡邊氏は庭で働いていたからすぐに姿を現した。質朴そうな渡邊氏は、私の質問に対して次のように簡単に答えた。

「この下の土地をならすために働いていた時、穴が見つかりました。危ないので石と土とでそれをふさぎました。ところどころに大きな穴が見つかりましたが、たいがいのものは土で埋まっていました。その中で面白いのは、山の横に狭く低くトンネルのようになって、ところどころに広がっている場所がありました。これは決して自然にできた穴ではありません。ある型にしたがって造られたことは明らかでした。その広さは五尺ぐらい、高さは人の背丈ぐらいでしたが、いくつあったか覚えておりません。皆、きれいに保存されてはいませんでした。その穴は曲がったトンネルのように並んでいました。その中から何か見つけたいと思って探しましたが、何もありませんでした。何のために造られたのかわかりません。工事長の命令でしたから、あまり調べないで土を埋めました。とにかく本当に不思議な穴でした。」

こう言ってその話を終えられた。この穴の上に小さな口がなかったかとたずねると、「ああ、そうです。その穴はことに前の形の残っていた所にありました。よくわかっています。穴を掘った時に土を出した口でしょう」と簡単に説明された。

しかし私はこれ以上に納得するに足りる説明をすることができると思う。それはキリシタン屋敷に幽閉されていた罪人の地下牢舎であると推察する。上の口は罪人に対する呵責の時を延ばすために食物を差し入れる口であった。ヴァレンティンが述べた牢獄にたいへんよく似ていることも明らかであろう。

これをもって、『通航一覧』にみられるさらに厳しい牢屋というものを明瞭に察することができる。したがって、シドッティはこのような恐ろしい穴の中に閉じ込められ、その中で死んだものと考えるべきである。

この推定をさらに確かめるために、その整地工事の事務所へ聞きに行った。そこの工事長も親切であった。その語るところは確かに、以上に述べたことを積極的に肯定したのである。「実際に穴が現れたし、自分もこの穴を変だと思った。しかし、その中に別に変わったものもなかったので、すぐそれを埋めるように命令しました。なぜならば、そんな因縁があるなら、土地の値段がさがって、持ち主が困るからです」。その穴をもう少し詳しく説明していただきたいと希望すると、彼はその穴の形をこう説明した。

「四角い形をしている井戸のような穴で、割合に深かった。深さ十五尺ぐらい。底に大きな室があって五、六尺の広さに見えた。高さは四尺ぐらいであった。」

彼もこの穴を井戸ではないと言い、また井戸の試掘の跡でもないと考えた。

その上、これについて新しい情報を集めることができたから、それをもって以上の事実をいっそう明確にすることができると思う。聞いてわかったとおりに述べるならば、東山農事株式会社が、この個人の所有地が売り出された時に買って、その一部分を整地した。この時に、怪しい穴が発見されたそうである。文部省も役人を派遣して検査をさせた。その役人は発見された穴を調べ、かつ新たに別の穴を掘ったが、その中に別に変わったものを見いださなかったので、砂でまた埋めさせたということである。これは第1回目の工事の際のことである。

第2回目の工事（すなわち渡邊氏の話に出てくる）の時には、砂が一杯に埋まっている穴が現れ、また新しい穴も見つかった。その際に発見した穴の数は少なくはないようである。ある人は10ほどと言った。その底が相互に連続していたかどうかはわからない。たぶん連続しているのも、いないのもあったのであろう。したがって、渡邊氏の話も、工事長の話も、共に正しいのであって、両方合わせると完全になるのである。両者ともそれぞれ気づいたことを話したのである。

その話によって、穴の形がいかなるものであったかを描くことができる。すなわち、この穴は下方へ向かって掘られ、底は狭い低い廊下のようなもので相互に連なったものと、全然連絡のないものもあった。立穴は外部へ出入りするための入口で、つまり、空気流通の用をなしたのである。その深さは囚人の逃走を不可能にして、かつ閉じ込めるのに容易であった。つまり簡単にして、また安全な地下牢（土牢）であった。

キリシタン屋敷の中には、宣教師を幽閉するために使った木造の牢舎以外には、木造の牢舎はなかったようである。この牢舎は屋敷内の北西にあって、ここにシドッティも入れられていたのである。このキリシタン屋敷の中にいたほかの囚人は、この地下牢以外のどのような獄舎に収容されていたか。とくに伝馬町の牢舎が焼けて、囚人がキリシタン屋敷へ移された時に、このような地下牢がたくさん造られたのであろう。それゆえに地下牢の数が多かったのは当然である。

およそ今日までに発見された穴は屋敷の南部にあり、坂の左方、すなわち整地をした所から出た。深い穴は稲荷様のあったと言われたところで、徳田氏の屋敷の下にあたるということである。渡邊氏が話した穴は、それよりさらに南方にあたり、その入口は、当時なお残っていて、池のそばにあったそうである（この池も第1回の工事の時に埋められた）。たぶん死刑になる者を監禁するために使われたのであろう。なぜならば、この方面から整地の際、たくさんの徳利《とっくり》が現れたが、その伝説によれば、死刑になる直前に囚人に一杯飲ませる習慣があったと言われているからである。今後もキリシタン屋敷の中で整地が行われる時があれば、ことに北西部においては新しいこの種の穴が見つかるかもしれないと期待できるのである。その時には、研究家はこれをさらに詳しく調査することができるはずである。

以上に述べてきたことをもって、ヴァレンティンの記事にそのまま符号すると結論づけても決して無理がない。最後の訊問にあたって、オランダ人もその場にいたことを考えるならば、ヴァレンティンの明確な叙述は、彼らオランダ人が直接、牢屋を見た結果であろうと想像することもできるのである。

新井白石はこれについて詳しく記録しなかったが、おそらくその必要がないと思ったからであろう。また、白石自身、シドッティの学識、ことにその徳に動かされ、いくぶんでも彼に同情して、最初の審問後に最も軽い処置を希望したことから推察しても、シドッティが入れられた残酷な牢屋のありさまを書くにたえなかったものと考えられないであろうか。

終わりに、次のように想像をめぐらすことができる。シドッティは最後の宣告の後に、土中の狭い穴の中に閉じ込められ、そこでは湿気と暗闇と飢餓と病気のみが唯一の友であった。川村恒喜《かわむらつねき》氏も、その著『史跡切支丹《きりしたん》屋敷研究』の中に引用しているように、姉崎博士はシドッティの死にいたるまでの確固とした忍耐を認め、断食による立派な殉教者であると言っておられる。

それにしても私たちはシドッティが普段から、自発的に断食したことをよく知ってはいるが、その死を早めた理由の１つは、確かに彼の最後の牢獄において無理な断食をさせられたことである。白石がシドッティの入牢から直ちに彼の死について書いているのを見ても、この入牢と死との２つの事実の間には、何ら変わったことがなかったのである。すなわち彼は上記のような苦痛をなめて最後の数か月を過ごした。

この間のことについては、『西洋紀聞』にただわずかに記載がある。それは、シドッティの立派な面影を現すものであるから、ここに参照しておこう。すなわち２人の召し使いに対する宣告がわかってから、「大声をあげてののしりよばはりかの夫婦の名を呼びてその信を固くして死に到って志を変えずまじき由をすすむること日夜を絶ず」とある。

番人はこの言葉の意味がわからないので、シドッティが牢獄の苦しみに耐えられずに、嘆き呼ぶのだと思った(『紫芝園謾筆《ししえんまんぴつ》』・『西洋紀聞』)。

しかし、私はシドッティに関する上記のような記載をもって、かえって彼の使徒的な精神――自己を忘れて他人の霊魂の救いのみを心配すること――のもっとも立派な証拠であるとする。

こうして栄光を得ていたシドッティは、自分自身よりも愛していた２人の霊的子どもの信仰を励まして、使徒の使命を続け、その犠牲を完成して、永遠の殉教の冠を得たのである。したがってシドッティは、神のみ手に己を任せて、その恩恵のうちに慰められ助けられ、最後の息を引きとるまで英雄的に信仰のために犠牲となったのである。

したがって私は次のごとく結ぶことができると思う。すなわちシドッティをもって信仰のために生命を投げ打った真の殉教者と呼んだ理由はここにあると。

＊　＊　＊

以上述べたことは、種々の文献にある記事や耳にした話に基づいたのであるが、私がこれを書き終わった時、折よくここに述べた穴の１つを直接に見る機会に恵まれた。次に私の実見記を追加しておこう。以上に述べてきたことに、いっそうの真実性と正確性とを添えることができるからである。

9月13日に徳田氏から電話で、穴の１つが新たに発見されたが、それを見ることもできるとの知らせをいただいた。私はすぐにその場所へ駆けつけた。その穴は徳田氏の屋敷の下のほうにある家の庭で発見された。前に記した位置にあたっている。

その家の主人は庭を造る準備をし、木を植えようとして、ところどころを掘ると、ある地点を埋めた砂を見つけたのである。砂を掘り出すと、三尺と二尺の大きさの穴になった。この井戸のような穴にしたがって掘り下げると、底のほうに、赤土で今なお形の残っている一室を見つけた。もちろん砂は入口から投げ入れられていたから、底部の数室を埋めるほどには入っていなかったことは今の話からしても当然と考えられよう。

その家の主人はこの事実を公にすることをあまり好まなかった。私が訪れた時には、主人は留守であったが、家人からこの穴を見物する許可をかろうじて得たのである。

その日は穴の見つかった翌日であったから、穴はまだ土で埋まっていた。そのため詳しく調べることができなかった。したがってそれを詳論することはなお不可能である。

とにかく、見たとおりを記してみよう。梯子《はしご》をかけて入口から立穴の中に入った。深さは2メートルほどであった。ただし土地を整地する前には、その深さは2倍以上であったはずである。立穴の底には三方に向かって穴ができていた。2つの穴は第1と第2の室への入口であり、ほかの穴は第3、第4、第5の室へ通じる廊下の入口である。私は第1の室だけよく調べることができた。入口は狭いので猫のようになって入り込んだ。しかし室の中は立っていることもできるほど高かった。底は広く見え、周囲7、8メートルの卵形の形をしていた。しかし初めには、それよりも狭く四角い形をしていたことは、今なお残っている天井の形によってわかった。壁から下のほうは水に浸食されて、土が落ちたため、今見るとおりのまるい形をしていた。暗いトンネルのような廊下を通ってほかの室の入口へ行くこともできたはずだ。しかしこの時には、土で埋まっていたから入ることができなかった。しかし、図に書いてあるような四角い形を認めることは容易であった。

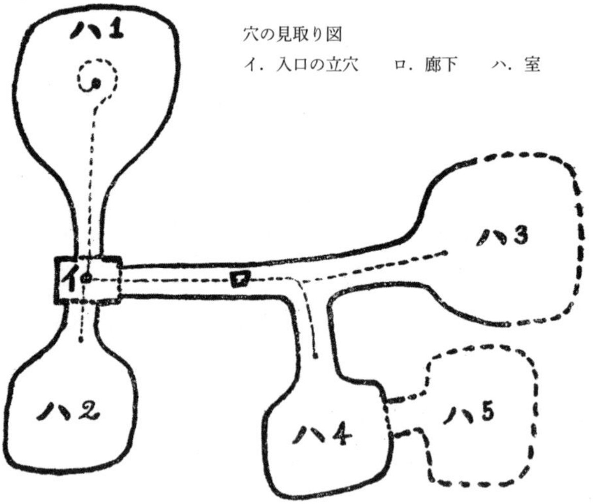

穴の見取り図
イ．入口の立穴　ロ．廊下　ハ．室

点線で、私が入って実際に見たところを示す。
第3の室の半分と第5の室とは、整地に携わった者の説明による。

後からまた充分にそれを直接に調べて、詳しく研究したいと思っていたが、数日後にはぜんぶ埋められたそうである。

主人はこの土地を買った時、穴がことごとく埋まっていたと断言された。したがって、その存在は知られていた。そのため主人はこの土地を売った会社に抗議して、会社の費用でこの穴を埋めるようにと要求したということである。

このように、この穴を実際見ることにより、希望どおりの証拠を加えることができたのは幸いであった。

6
日本での宣教

シドッティがキリシタン屋敷に監禁されていた間に、マニラやヨーロッパにおいては彼についてどのようなことが考えられていたのであろうか？　おそらく積極的に、確実な消息を得ることはできなかった。しかしながら、彼のその後の成り行きについては多くのうわさが耳に入った。その中のあるものは真実らしかったが、あるものは非常に奇妙なものであった。しかしそれはいずれも興味深いものであった。とくに現在のわれわれは当時の事情をより明らかに知っているから、なおいっそう興味を覚えるのである。

アウグスチノ会の修士ジュゼッペ・デラ・ソリトゥディネは聖下からの命令にしたがって、彼が日本について、とくにシドッティについて集めた消息をマニラより聖下にさっそく伝えた。これに関してかの教皇クレメンテ 11 世に宛てた手紙は 1714 年 3 月 11 日付である。

それはまず、宣教師にとっては、日本に上陸するのは至難なことであると述べ、次に「使徒的なジョワン・バッティスタ・シドッティ師」の旅と日本上陸について語っている。そしてまた、次のように言っている（私たちに関係あるところのみ抜粋してみよう）。

「それから若干の年月は過ぎたが、その間、この使徒的な宣教師については何ら消息が得られなかった。しかしついに去る1711年、一艘《そう》の日本の船が暴風に遭い、マニラに流されて来た。その時、船の日本人がシドッティに関する消息を伝えた。それは漠然としたものではあるが、とにかく、彼が生きていることだけは断言した。……昨年、1713年2月初旬、私は東洋におけるオランダ領の首都バタビアの町を通った時、この点について、まったく特殊な消息を得た。その消息は数か月以前に日本から来たオランダ人の船長の与えたものである。

そのオランダ人の言うところでは、正当なキリスト教を依然として続けて信奉する日本人の数はわずかばかりである。しかしシドッティの説教によって、福音宣教の門戸は開放されるであろうとのうわさがある。シドッティは、スペイン人が妙な変わった服装をした彼を日本に残して去って、その地の代官の前に連れていかれ、どのような目的で、いつ、この遠い国へ来て上陸したかなどと質問された。それに対して、日本語を知らないために言葉よりもむしろ身振りをもって答えた。

代官はそれを皇帝（将軍）に報告すると、皇帝は彼を都に招き、ねんごろに歓待した。しかしながら、その来朝のわけを説明させることができなかったので、彼を１つの家に閉じ込め、必要な物は何でも与え、監視人を置いた。それは、彼が日本に来た原因と途中の旅行について後に報告ができるように、日本語を勉強し習得せしめるためであった。……」

アゴスチノ・ディ・マドリッド修士が1713年７月３日付でその管区長に送った書簡の中には、このような大体において正確な消息のほかに、別に独特な珍しいことが加えられている。シドッティは捕縛されるやいなや、長崎に送られた。そして奉行より宣教師として死刑にされるであろうと思われた。しかし、死刑執行の定められていた日になると、まったく晴朗な天気であったにもかかわらず、刑場に彼が連れて行かれる前、おびただしい群衆の眼前で、空がにわかに曇り大暴風となって、恐ろしい稲光がきらめき雷鳴がひびいたので、ついに死刑を執行することはできずに、ふたたび牢屋へ連れ戻さなければならなかった。後に彼の死刑がふたたびくり返し執行されようとした時にも、前より激しい暴風雨が起こって、神父の生命を救った。なお、その上、牢獄監視の番人が、真夜中にこの囚人の左に天使がともしびをもって立ち、神父が聖務日課を読むのにそばにいたのを見たということである。

「この事件は、前の事件よりもさらに大きな感嘆と尊敬の念とを起こさせた。すべてのことを聞いた皇帝は自分の宮殿へ彼を呼んだ。そして彼は今もなお、大きな尊敬を受けながら同所に留まっている。」

これと同じような消息になお別の特殊な報道を加えたものが、宣教師ジュゼッペ・チェルーが1714年12月10日、広東からローマのある枢機卿《すうききょう》へ送った書簡の中に見いだされる。

シドッティの計画の成功に対し、また日本における来るべき信仰の開放とに対する大きな希望がかけれられていた。

アゴスチノ修士はさらに続けて述べた。

「その上に、日本の新皇帝（将軍）はヨーロッパ人に対して非常に優しく親しい心をもっている。それゆえに堅く門戸を閉ざしてきた厳しいほとんど無慈悲に近い法律も、現今ではずいぶんゆるめられたと信じられている。」

マカオとマニラに２つの修道院を創立した修院長、十字架のマリア・マグダレナは、これらの希望を強調して、日本における宣教の再興を語った。すなわちシドッティの名前自身がめでたい意味をもっている。ジョヴァンニ・バッティスタとは新しい教会の先駆者を意味し、[*14] シドッティという名はシドゥス（星）の縮小形の言葉で「小さい星」という意味であると。

同じくアゴスチノ修士は、また次のような消息を得たと確信している。

> 「日本の山地にはまだ信者がおり……また、宣教師もいて、変装して住んでいる……。」

日本に信者が残っていたことは真実であるが、宣教師も生き残っていたとは断言できないであろう。1717年にこの筆者がそれを書いた時には、すでに日本にいたただ１人の宣教師シドッティも死んでいたのである。

以上の消息、ならびに期待は空《むな》しくされはしなかった。その時にはすでにシドッティを援助するため、宣教師をさらに派遣する準備が行われていた。実に前途を祝されて、日本宣教の再開に大きな期待と熱情とが向けられた

*14　イエス・キリストの訪れを告げ知らせ、人々に回心を呼びかけた「洗礼者ヨハネ」のこと。

のである。

宣教聖省の記録によれば、1714年8月27日付の次のような文書がある。

「スペインにおけるアウグスチノ会の総代理ディエゴ・ディジェズ師は、日本国ではキリスト教が新たに許容される徴候があるからと、聖省の高官に報告し、『日本国における同省の宣教師シドッティ師の通知あり次第、同会の修士22名が直ちに派遣されることは定められている』という。なぜなら、シドッティはフィリピンの同会に懇望《こんもう》して、宣教師を遣《つか》わし（彼の宣教を）応援補佐されるようにと願っていたのである。そこでこの新しい宣教地の教区長を選ばれたいと懇願し、経験があり奮発と親切の人であり、前管区長であったフィリピン宣教地の最高指導者、ジュゼッペ・デラ・ソリトゥディネ師にその権能を与えられるように嘆願する次第である。」

同月28日付の聖省の回答には、シドッティを教区長に選び、ジュゼッペ・デラ・ソリトゥディネ師が修道会の長上に選ばれ、かつ万事教区長に従属すべき旨が通報されている。この回答の内容は次のとおりである。

「ジョヴァンニ・バッティスタ・シドッティ師を教区長に選任す。ただし、イスパニアのアウグスチノ会修士の長上としては、ジュゼッペ・デラ・ソリトゥディネを選任し、同教区長にことごとく従属服従し、聖務と聖体に対する通常の権能を有するものとす。28日、聖下これを裁可す。」

ほかの記録によれば、彼は1702年に、司教の資格を有していない中国の教区長と同じ権能を与えられ、教区長に選ばれたことが知られる。同記録保管所にはこの選任に関する立派な書簡が保存されているが、もちろん、それは名宛人の手には入らずに終わった。その書簡は次のとおりである。「日本の教区長ジョヴァンニ・バッティスタ・シドッティ神父殿。1714年9月29日」と記され、聖省は同師の開始した勇敢なる宣教事業の成功を聞き、大いなる慰めを感じたことを述べ、続いて次のように記している。

「……枢機卿一同は、このように盛大なる事業の開始を、主なる神に感謝し、あらゆる形をもって、貴殿の真に使徒的な奮闘と有徳なる生活を賞賛し、その広大なる王国におけるわが聖教の進歩と弘布とのために、可能な限り援助したいと考え、同会よりかなり多数の聖役者を遣わすについての許可を得た。

それだけではなく、貴殿の指導のもとに、ジュゼッペ・デラ・ソリトゥディネ師を新宣教地の管区長に任命し、かつ聖座に懇願して貴殿を教区長に選任し、聖下の回勅と同封の書簡とに見られるように大いなる権限をも与えられた。したがって貴殿は今まで行われたように、聖フランシスコ・ザビエルの光栄ある足跡にならって、聖省のみならず、われらの主（教皇）の抱く大いなる期待に報いられるように努力されることを貴殿に望む。」

さらにまた、聖下の名によって「このもっとも重大なる宣教地の状況と、貴殿が聖教の発展のために過去に行われ、かつ現行行われつつある状況に関し、完全にして明らかなる報告」を寄せるように要望してその書簡を終わっている。

ローマにおいて以上のごとく考えられていた時にあたり、遠い日本では、シドッティは今や神に対し、自分の仕事の総決算をなそうとの準備をしていたのである。ちょうど、そのころ、彼が２人の召し使いに洗礼を授けたことは、取りも直さずその最後の宣告をみずから求める結果となった。こうしてあまたの美しい希望は水の泡のように消えてしまったのである。

7
墓と墓碑

シドッティが死後、キリシタン屋敷の中に葬られたことは確かな事実として認められねばならない。

『新編江戸志』には、キリシタン屋敷について「…馬《ば》天連《てれん》の墓、この内に有りという」との記載がある。瀬名《せな》貞雄《さだお》は、『改選江戸志』のうちに、その墓こそは「ヨワン・バチスタ・シドッティ」の墓であると主張して、「榎を植えておいたが、今は切り取られてない」とこれに付け加えた。『外国通信事略』には、シドッティを「山屋敷裏門脇に埋めた」と明瞭に書き残してある。

以上の記録をその著書の中に載せている川村恒喜《かわむらつねき》氏は、深く調査をした結果として、私が確かであると決定したのと同じ結論に達している。

このような結論を肯定するのに躊躇《ちゅうちょ》することがあるとすれば、それはキリシタン屋敷の中において自然に死んだり、あるいは殺されたりした者は、皆、キリシタン屋敷以外に葬られ、その多くは付近の寺院内に葬られた事実によるのである。この事実は『査妖余録《さようよろく》』や『契利斯《きりし》督記《とき》』に見いだされる。

宣教師も同じ運命のもとにおかれた。彼らは仏教を奉ずる者として強《し》いて取り扱われ、仏僧たちの権限のもとにあった。例えばキリシタン屋敷で1685年（貞享2年）に死んだジュゼッペ・キアラ（岡本三右衛門）が、仏教について、積極的態度を示すことを命ぜられてこばんだことは確かであるけれども、とにかく無量院に葬られているのは、一般に知られているとおりである。[*15]

シドッティだけは例外であったと考えて差し支えないであろう。私はそれをありうることと考えるだけではなく、むしろ当然のこととして認めなければならないと思う。シドッティは、誰もが疑うことのできないほど堅い信念をもって、最後までその信仰のために生き、さらにそのために働いた。彼がその信仰のために殉教者として死んだことは、あまりにも明白であったので、仏寺に葬られることはありえなかった。したがってキリシタン屋敷の中で、前に指摘した記録に書いてあるとおりに、葬られたと考えるのはむしろ当たり前である。

それで、シドッティの墓は必ずやキリシタン屋敷の中に求めなければならない。しかし、その遺跡は長い年月を経て消滅したので、今ではその位置を特定することは困難である。それにもかかわらず、幸いにして私の苦心が報いられ、彼の墓地をついに探しあてたので、さらに

*15　前述のとおり、その墓碑は無量院から雑司ヶ谷墓地に移された後、練馬区のサレジオ神学院に移されて、現在は調布市にあるサレジオ神学院に保存されている。

興味ある結論に達することができると思う。

キリシタン屋敷についての今までの研究によれば、その中に牢獄と番人の家と蔵と井戸とがあったが、その小さな囲いは、坂の上の右手にあたる高いところである。もっと的確に説明すれば、すなわち今の茗荷谷町89番地にあたるようである（当時、檀野禮助氏の屋敷があったところ）。[*16] 墓もそこにあるべきはずであった。前に引用した『外国通信事略』の記事はそれを確証している。というのは、シドッティが葬られたところに近い裏門は、北にあって、今のところにあたるのである。

キリシタン屋敷を訪問したい人は庭の中に残っている昔の井戸を見るために、必ずこの家の中に入らなければならない。井戸には今は水がない。深さは12メートルぐらい、直径は1メートルあまりであろう。

この井戸のほかにも、家の中に別の井戸がある。これも相当古いものであるから、これも研究者の心得ておかなければならないことである。

私は昭和15年5月31日にそこへ行った。檀野家の方は親切にも井戸を見せてくださったうえ、後ろの庭には

*16　檀野禮助氏の孫にあたる檀野統一氏を2012年3月に訪ねて聞いたところによると、戦時中、延焼を防ぐためにキリシタン屋敷跡一帯の建物は、土蔵とわずかな家を除いて取り壊され、残した家や檀野禮助氏が残した貴重な記録も空襲で焼失したと伝え聞いているという。井戸の1つと囲い石は現在も庭にある。

墓もあることを教え、そこへ案内していただいた。墓は少し高く盛り上げられて塚の形をし、今はその上に草木がはえている。それについて種々詳しいことをたずねた。そうすると、これは「墓」である。少なくとも墓のあっ

キリシタン屋敷があった敷地内の井戸

たところであるとだけ、案内の方は答えた。しかし、その言葉の調子には、いくぶん神秘な尊敬の感情が現れていた。

川村氏はこの墓をキリシタン屋敷の中にあった長助、おはるの墓であると考えられた。

私はさらに考えを進めて、それをシドッティの墓であると認めたい。もしキリシタン屋敷の中の墓について、その追想が一般の人々の伝説中に残されているほどであるならば、それは普通の罪人の墓ではなく、キリシタン屋敷にいた優れた人、すなわち死後もなお人々に忘却さ

墓の跡にたたずむタシナリ神父

れぬほど、畏敬を受け、注意の的となった人の墓に違いない。その人とは、キリシタン屋敷に入れられた中で、もっとも傑出した人物であったシドッティであると認めるのは当然であろう。彼は異国人であったうえに、その優れた徳のゆえに、彼とかかわりのあったすべての人に感服されたことは、『西洋紀聞』の中に白石も、明らかに伝えた。

また、この墓を長助とはるの墓であると仮定するならば、2人が一緒に葬られたか、あるいは後に合葬《がっそう》されるようにあらかじめ近くに埋められたことを前提として考えなければならない。それはありえないことではないが、私にはかなり無理な説明であると思われる。

それはともかく、この点を決定するのはあまり必要ではない。というのは、『小日向志』は伴天連《ばてれん》墓の次の項に、「同じ並びにあり、これも墓木ありしが今は代えられてなし、長助および妻はるという者……」とあるとおり、長助とはるの墓はシドッティの墓の近くにあったからである。

この推論によってシドッティの墓が確かに今の檀野氏邸内にあったと信ずるのであるが、その上なお信じがたい一発見をもって、ますます、それに確実性の度を加えたのである。

このキリシタン屋敷を見物した人は、庚申坂《こうしん》[*17]の右方が数メートルの高さの差が3つ段階になっていることに注意したであろう。一番高いのは前に述べた檀野氏の屋敷である。茂った林をもって傾斜面を覆い、下の畑のようになっているところへ続いている。さらにその畑と第3番目の段階との間は、中央に竹のはえた崖になっている。この竹の下に家と庭とがある（当時、寺田香苗氏の家）。

この位置に私はヨワン・シローテの石碑を見つけた。[*18]この名称は私が付けたのではない。寺田氏の命名である。同氏はその主張について少しも疑問を抱かず、自然にこの事実を認めた。それが墓の石碑であることを認定するのは困難ではない。面白いことには、その石碑上に十字架の印が明瞭に刻まれているのが見える。キリスト信者の墓の象徴であることは疑うべくもない。

寺田氏からこの墓碑の由来について親切に話してもらった。同氏の父が庭内に池を掘った時、その底にこれを見つけて、今の場所に据え、貴重な遺跡として大切に保存したのである。この父はキリシタン屋敷のことをよく知っていて、専門家よりも詳しくこれについて語った。

---

*17　現在のキリシタン坂のこと。

*18　現在、この石碑の所在は不明。おそらく戦後しばらくして整地された時に撤去あるいは埋められたと考えられる。

シドッティ神父の墓と考えられる十字架の碑
(円内は十字部分の拡大)

同氏の甥が学校の雑誌に発表した一文はよくこれを伝えている。甥はキリシタン屋敷について祖父から聞いたことを書き記したのであるが、言うまでもなく必ずしも科学的な叙述ではないけれども、その文には根拠ある伝説を載せてあるものとして、歴史的価値の高いことを認めなければならない。

彼はキリシタン奉行井上筑後守《ちくごのかみ》や死刑について、また伴天連ヨゼフやヨワン・シローテや長助とはるなどについて述べ、祖父が池から掘り出した十字印のある石碑は「有名なヨワン・シローテの墓碑である」と断言し、かつそれは、その家の庭に保存されていると言っている。

シドッティの墓をとくに明らかにするための記念碑として、また、この傑出した人を尊敬するためのものとして推定するならば、キリスト教の象徴を刻んだ墓碑があるべきだと考えるのは当然であろう。

川村氏は、同情の目をもって見た新井白石のことであるから、シドッティの死後の埋葬についても幾分の交渉をしていたのではなかろうか、と考えたいと言っている。私はそれを信じてもよいと思う。彼の同情の最後の表現は、この有名な学者にして聖人なる宣教師との間柄にふさわしい結びである。

以上のほかに、なお１つ解決すべき困難な問題が残っている。すなわち、この墓碑の位置と墓の位置とのへだたりである。私はこの十字架の刻印のある石碑の最初の位置について、何かわかっていることがあろうかと寺田氏にたずねてみた。同氏はシドッティの墓碑の最初の場所は今ある場所ではないと言って、私をびっくりさせるようなことを断言した。すなわち同氏は「この墓碑は、初めは一番上の段階、つまりたぶん、檀野氏の屋敷内にあったが、そこからいつのころにか下の段へ落とされたのだろう。その下段に同氏の祖父がこれを見つけた。その時には池の底に倒れていたのである」と語った。

その言葉を立証するために、キリシタン屋敷の牢獄の土台になっていた数個の石を、庭の石垣中に指して見せた。それは一番高いところにあったので、現今の檀野氏邸内に相当していたことは前言のとおりである。そこから落とされ、墓碑前の小道を越えて下段に達したのであろうということであった。

この牢屋はシドッティの死後 1724 ～ 25 年（享保 9 ～ 10 年）に焼けた。しかし、土台の石はその後も久しくそこに残り、幕府の末期までこの石は元の場所に見られた。明治の初めに崩されて下のほうへ投げ落とされたのであろう。

シドッティの墓の上に植えてあった榎は、寛政（1789 ～ 1800 年）ごろまで見られた。当時、この木を伐《き》った跡は平らにならされた。墓の痕跡がなくなったのはその時である。前に述べた道に沿って墓碑もころがったのであろう。

川村氏もその著書中にこの石について語っている。簡単にこれに十字架の碑と名づけ、キリシタン屋敷の貴

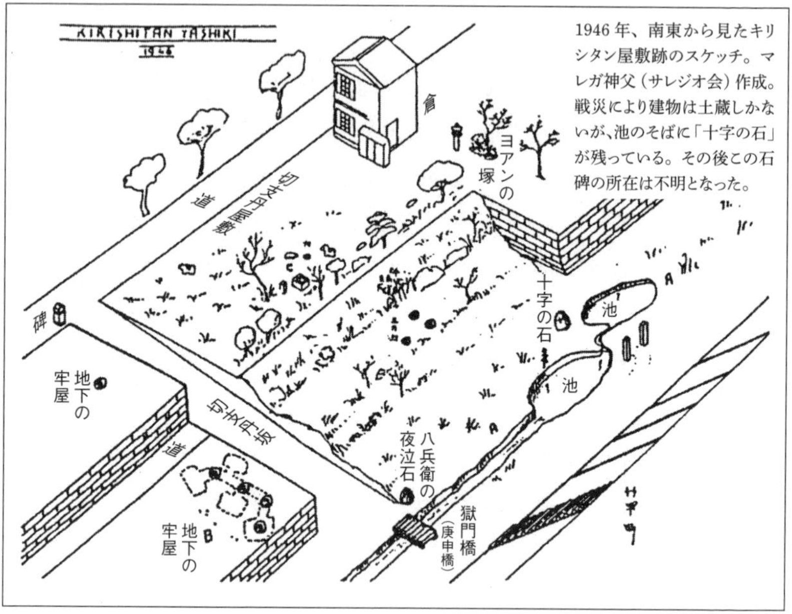

1946年、南東から見たキリシタン屋敷跡のスケッチ。マレガ神父（サレジオ会）作成。戦災により建物は土蔵しかないが、池のそばに「十字の石」が残っている。その後この石碑の所在は不明となった。

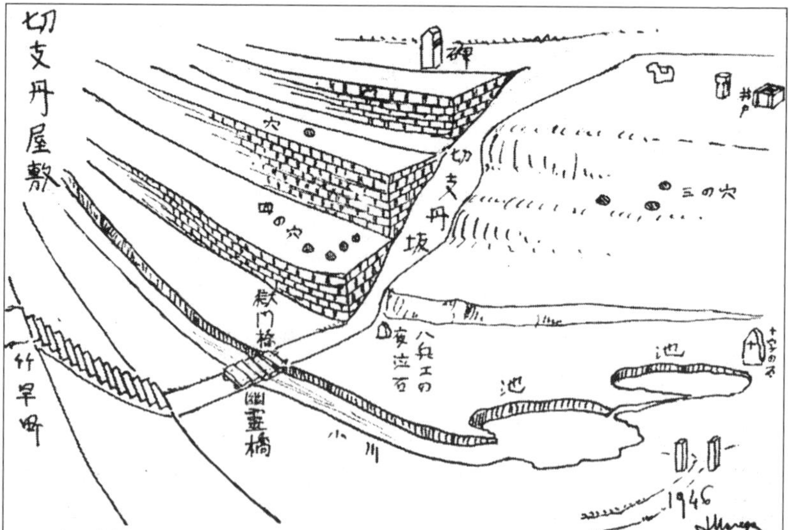

1946年、北東から見たキリシタン屋敷跡のスケッチ。マレガ神父作成。

重、かつ尊敬すべき遺跡であるとだけ言っている。しかし、私が前に述べたところをまだ同氏は知らないようである。それは寺田氏と語ったことがないからであろう。

以上に述べたように、この墓の位置と墓碑に関するもっとも信用し得る伝説は、両者を相互に照合して確かめることができるのは、まことに驚くべきことである。

これによってシドッティの墓は、つまり伝説の指示する位置にそれを認めることができ、また「十字架の碑」はその光栄ある墓を飾っていた石碑であると確かに結論することができると思う。

＊　＊　＊

墓碑についてさらにいっそう詳しく知ろうと望まれる人のために、次のことを補足しておこう。墓碑はその高さ１メートルに近い。十字架の印は前面の中央に刻まれ、巧みにできているとは言えないが、明瞭である。墓碑の下のほうを見れば、何か文字が記されているような気がするが、この石は土にまみれて下のほうには苔がむしているから、それを確かめることができなかった。

このような石はただ１つここだけに存在するのではない。十字架を刻んだキリスト教信者の墓は長崎・島原・

大阪・高槻・京都・熊本の諸地方に発見されている。

キリシタン屋敷の跡に見られるこのシドッティの墓碑に類似する別の１つの石がある。それは有名な「八兵衛石」である。ただし、その上には何も書いていない。この石は、数年前までは、庚申橋《こうしん》からキリシタン屋敷の表門の間の左方の薮の中にあった。これを一般の人は迷信のゆえに、「夜泣石《よなきいし》」とも呼んでいた。それについては『契利斯督記《きりしとき》』と『査妖余録《さようよろく》』とに出ている。上智大学刊行の『契利斯督記』、および『査妖余録』の著者は今もなおキリシタン屋敷にあると記しているが、実際はそうではないから、私はこの石の所在について少し話してみたいと思う。

徳田氏の家であった種々の談話の中で、渡邊氏はこの点について、次のとおりに語った。前に話した土地をならす仕事をしていた時、この「夜泣石」も出た。誰もが皆、この石をよく知っていた。しかし、これを取り扱うことを誰もが嫌った。そこからほかへ、また、さらにほかへと移された。しかし、いつも躓《つまず》きの石であった。工事の頭はこれを煩わしく考え、壊してしまうように渡邊氏に命じた。しかし、渡邊氏はこの命令に従う勇気をもたなかった。仕方なく近所の仏寺へ行ってこの石の因縁を物語り、寺へ差し上げたいと言ったところ、その申し込みが快く受け入れられた。そこで渡邊氏は自分でこの

八兵衛石（夜泣石）

石を寺に持って行った。それは1937年（昭和12年）10月ごろのことであった。

石はかなり大きく高さ1メートルほどもある。キリシタン屋敷に近い日輪禅寺の本堂の横に大切に保存されている[*19]渡邊氏はこの話をした夜、私にそれを見せるため、仕事を中止して、親切にも私をその寺に案内してくれたが、同氏はこのキリシタン屋敷の遺物を壊さずに保存してことについてしばしば喜びを示した。

*19　その後移設して、現在のキリシタン坂のふもと、地下鉄車庫のそばにキリシタン屋敷跡の記念碑と並んで立てられていたが、現在の所在は不明。一方、1956年にウェルウィルゲン神父によって造られたキリシタン屋敷跡の碑はその後、カトリック関口教会に移され、現在は「都旧跡 切支丹屋敷跡」の碑と並んで立てられている。

八兵衛はキリシタン屋敷の中で斬首された有名な盗人であった。その名をもっているこの石が、彼とどのような関係にあったかはわからない。このような悪人のために石碑を建てるとはすこぶる妙なことである。それゆえ、八兵衛はキリスト教信者であって、信仰のために殺されたという伝説が作られた。これによってみても、信者のためならば、その種のことが生じ得るし、また実際にそのようなことが行われたことを裏書きするものではなかろうか。

この碑も初めは真実のキリスト教信者の墓の上に立てられたものと考えられぬことはない（シドッティの石碑とよく似ているのを見て、神父の墓のかたわらに設けられたという長助・はるの墓をおのずから連想せざるを得ない）。

後で知ったが、これもまた最初の位置からそれて、何度も場所を変えたのである。その間に（いつ、またなぜかは知られないが）偶然、八兵衛の墓の近くにか、あるいは彼の死刑に処せられたところの近くに行ってしまったので、この石は「八兵衛石」の名を得、八兵衛は世人の想像中において、２つの概念が巧みに組み合わされ、ついに信者となってしまった。

この説明は、簡単であると思われるかも知れないが、全くありそうにないとも言えないであろう。

最後にもう１つ面白いことを付け加えよう。寺田氏の庭内のヨワン・シローテの石碑のそばに、かつては庚申橋のそばにあったという私の前述した庚申の像が今も保存されている。[*20] 元の場所から移された時に、寺田氏が引き受けてその家にもってきたので、これもなくならないで済んだのである。

この一節を書き終えるにあたって、私はあらためて以上の種々な消息を聞かせてくださり、詳しい説明をしてくださった方々、すなわち私の調査に親切に協力してくださった徳田氏御夫妻、寺田氏、檀野氏、ならびに渡邊氏に対して厚く感謝の意を表したい。

---

*20　現在の所在は不明。

【資料】現在のキリシタン屋敷跡 (2012年3月現在)

キリシタン坂

(左の写真)
右は「都旧跡 切支丹屋敷跡」碑、
中央の十字型の石碑は
「キリシタン屋敷の記念碑」
(文京区小日向1-24-8
エイゾービル前)

◎キリシタン屋敷の記念碑の碑文
この所は切支丹屋敷の跡で、この古い石は八兵衛の夜泣石（注＝現在は所在不明）といって、ここで殉教した人々を記念するものであります。この牢屋は一六四六年に出来たもので、一七九二年まで、この地では多くのカトリック信者が殉教者となって死んでおります。中でも一六六八年、パレルモに生まれたヂォワニ・バプチスタ・シドッチ神父は大変に熱心な学者で、ローマからデトルノン枢機卿と一緒にマニラへ行って居られましたが、日本の迫害された切支丹の救霊のために秘密で一七〇八年十月十日、九州の屋久島へ着き、間もなく捉まりました。長崎から江戸へ連れて行かれ、この屋敷に閉じこめられ、新井白石の訊問も受けましたが、彼は、シドッチ神父の答えを西洋紀聞の中に書きました。神父は二人の番人夫婦に洗礼を授けてから、真の神様の教えを現すために殉教者として正徳四年十月二十一日に亡くなりました。大勢の切支丹日本人外国人の雄々しい死を記念するようにこの碑を立てました。　　　昭和三十一年三月十七日　A.F.ウェルウィルゲン神父誌

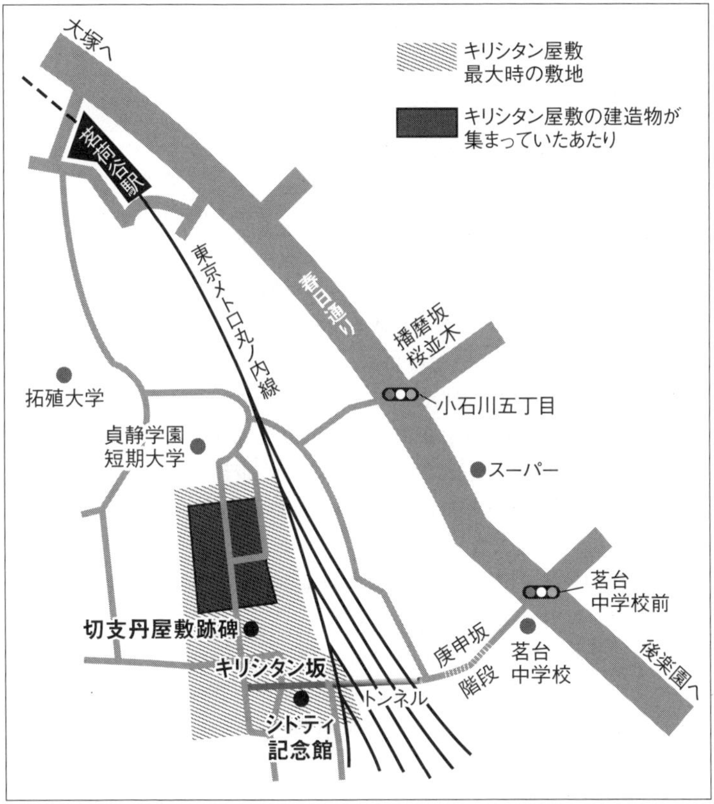

◎アクセス

東京メトロ丸ノ内線　茗荷谷駅より徒歩10分。

春日通りを後楽園方向に進み、茗台中学校前交差点を右折すると「庚申坂《こうしんざか》」の階段。庚申坂を下って地下鉄丸ノ内線の高架（車庫）下をくぐると「キリシタン坂」が見える。キリシタン坂を登る途中、左側に祈りの場としての「シドティ記念館」（菅沼邸内）がある。タシナリ神父のいう「穴」はこの付近の敷地で発見された。キリシタン坂を100mほど登りきって右折すると「都旧跡 切支丹屋敷跡」の碑がある。

参考文献

(1) シドッティ神父全般に関する資料

新井白石著　『西洋紀聞』(岩波文庫)

『通航一覧』　巻之189、190

吉野作造著　『新井白石とヨワン・シローテ』文化生活研究会発行、大正13年

バチカン所蔵の文献中当時の宣教師の書簡数種

教皇クレメンテ11世に派遣されたシドッティ師の、マニラより日本への旅についての記述。"Fr. Augustin de Madrid, Relacion del viage que hiço el Abad D. Juan Baptista Sidoti desde Manila al Japon, embiade par el Papa Clemente XI" Madrid 1717.)

そのイタリア語訳は、1718年ローマにて刊行された。

Francis Valentin, "Oud en Niew Oost Indien" vol.5 part.II

シャルレヴォアの日本史

Charlevoix: "Histoire et description du Japon" 1736.)

マルナスの日本イエズス教復活史

Marnas: "La Religion de Jésus ressusitée au Japon"

A. Brou, S.J. —L'Abbé Jean-Baptiste Sidotti— "Revue d'Histoire des Missions," Sept.—Déc.1937, Mars 1938.

(2) キリシタン屋敷に関する資料

川村恒喜著『史蹟切支丹屋敷研究』郷土研究社発行、昭和5年

山本秀煌著『江戸切支丹屋敷の史蹟』イデア書院発行、大正13年

Max v. Küenburg S.J., Kirishitan Yashiki, "Monumenta Nipponica", 1938. vol.1 n° 2, pag. 300.

P.G. Voss S.J. und H.Cieslik S.J."Kirishito-ki und Sayó-yoroku" pag. 191. Tokyo, Sophia University, 1940.

(以上、1941年刊行時)

第2部

戯曲「殉教者シドッティ」

4幕29場

「殉教者シドッティ」初版（1941年）の表紙

序

昔のキリシタンの史実を知って、なにより先にそれを上演目的の劇に作られたのは、私たちの到底思いおよばぬこととして、まず感嘆しなければならなかった。しかも上演が主であって脚本の完成が従であったのも、劇道の古い素朴なる途を踏んだもので、極めて興味深いことであった。古来キリスト教会ではいつもこのようにして、日常生活に教育劇がとり入れられて来たのであろう。今日私たちの社会生活にこの種の小さな劇からどれほど潤いが加えられ、知らず知らずに深い感化を受けるものであるかを、シドッティ劇から大いに教えられるところがあった。

とはいっても今や公刊せられるまでになったこの劇は、依然としてタシナリ神父が初めて作られた時の素朴なる形式そのままであるというのではない。少なくとも一昨年以来数度にわたる神学校や教会における上演の経験より、舞台装置に脚本の内容に周到な修訂を加えられて比較的完成されたものとなったはずであるから、史劇としての本道からもこれは評価されて差し支えがないであろう。

私がこの劇を見て感じたことは、その着想にイタリア人独特のものが加えられていることである。それだけにこの劇の色調はきわめて明るい。それはキリスト教劇の特徴かとも思うが、私たちの覚え知らないものであって、宗教劇の端的な効果をもたらすゆえんであろう。

それゆえにシドッティの渡来によって泰西の文化と知識とを日本へ注入された文化史上の事実や、宝永・正徳にわたる江戸時代最盛期の時代色の表現とか、鎖国後70年の絶滅に近かったキリスト教徒の情況の一斑《いっぱん》の現示とかという副産物がどの程度に表されようと、それは問題ではなくなるのであって、これを単純なる歴史劇とみなすことはむしろあまりに偏狭といわねばなるまい。

タシナリ神父は今まででも少なからぬ教育劇を作られた。しかし、この『殉教者シドッティ』劇には一番苦心を払われたことであろう。シドッティがタシナリ神父と同じくイタリア人であったというだけの理由でこの劇を作られたのではあるまいと思うから、今後もキリシタンに関する数多の挿話をこのように作者が強い熱情で裏打ちして劇化されることは、今の社会にとって極めて有益であろう。私はそれを期待してわが親しきタシナリ神父の最初のキリシタン劇の出版を祝して私見を述べる次第である。

1941年6月20日

岡本良知[*21]

*21　1900～1972年　歴史学者、上智大学教授

作者序

今回、初めて日本の歴史に関する劇を紹介いたします。完全な作品と言われるには、まだ距離のあることは確かですが、かなりの時間と研究をもとに、入念に制作したものです。

シドッティ師の面影は、たいへん親しみ深く、貴いものですから、大いにその人柄を知り、称える価値があります。そこで、私はささやかながらもこの作品をもって師の面影を伝えるために、尽力しました。

劇はおおよそ史実に基づいています。人物も皆歴史的人物ですが、ただ2人の子どもだけは、日本の少年の可愛らしい特色を表すために設定しました。背景も歴史に基づいたもので、史実をできるかぎり忠実に再現するようにしました。

第1幕と第2幕はシドッティ師の渡来と捕縛の場面を劇化したものです。第3幕はすべて史実で、新井白石の『西洋紀聞』を参考にしたものです。第4幕も史実で、作者自身の研究に基づきます。

この作品は、文学上、芸術上の完成を目指すものではなく、劇集の目的とする教育の主旨に則って、わかりやすい書き方で表現したものです。その意味で、この作品を一通り読んでいただくだけでも興味深く感じられるし、演じるのはたやすいと思います。あえてこのようなことを申しますのは、この約１年の間、８回も宮崎や東京などの異なった場所で上演したところ、幸いにも常に成功をおさめ、その結果に慰められるところがあったからです。

小劇のかなり進歩しているイタリアへも、この劇のイタリア語版を送りましたが、幸いに内容も構造も共に感動的で、興味深いものとして、好評と称賛を博し、演劇研究誌『コントロ・コレンテ（Contro corrente）』に掲載されました。

小劇は、有効な教育法の１つであり、一般の人々や青少年の教育によい効果をもたらします。私は、この点を絶えず主張したいと思います。この種の小劇を制作するためには、準備としてかなりの犠牲を要求されますが、それは常に喜びに満ちた成果によって報いられます。

終わりに、私はこの作品の出版にいたるまで手伝ってくださった方々に、深い感謝の意を表し、また原稿に対し辛抱強く校閲の労を取られ、序文をもお寄せくださった岡本先生に心から感謝いたすものであります。

1941年6月29日

クロドヴェオ・タシナリ神父

登場人物

シドッティ神父

藤兵衛　ミカエル	50 歳位
忠次郎　フランシスコ	藤兵衛の息子、15 歳、活発な少年
喜衛門	35 歳
役人 1	
役人 2	
新井筑後守	諱《いみな》は君美《きみよし》、号は白石　53 歳
横田備中守	キリシタン奉行、53 歳
今村源右衛門	通詞、60 歳
長助	キリシタン屋敷の門番でシドッティの召使、50 歳
為吉	長助の子、10 歳～ 12 歳、第 4 幕目には少し成長している

漁師のコーラス

第１幕

時　　1708 年（宝永５年、徳川綱吉時代）

舞台面　海浜の小高い森、左方に海があり、右方は屋久島《やくしま》の山地とする。

第　1　場

〈藤兵衛、忠次郎〉

正午過ぎ、藤兵衛親子は炭焼用の木を伐《き》って腰をおろし、昼食をすませたところ。幕が開くと親子は食事後の茶を飲み終わろうとしている。海のほうから漁師の歌声が聞えて来る。

漁師のコーラス

大漁じゃ　大漁じゃ
太鼓鳴らせや　旗幟
大漁じゃ　大漁じゃ
今日はよかよか　桜島
大漁じゃ　大漁じゃ
子どもも綱引け　網を引け
大漁じゃ　大漁じゃ
早く出て来い　日が暮れる

忠次郎　（お茶を注ぎながら）さあ、もう1杯お父《とっ》つぁん……もう漁師が帰って来るよ。

藤兵衛　（茶碗を差し出す）きょうはきっと大漁だろうな！　景気よく歌っとるから。

忠次郎　見に行こうか！　ひとっ走り行って来るよ。

漁師の歌　第一幕第一場

D. V. Cimatti

第１幕／第１場　漁師の歌

藤兵衛　いやいや、おまえが行くときっと今晩まで帰って来やしねえだろう。そしてわしが呼びに行かにゃなるまい。今日は今からまだまだたくさん仕事があるんじゃよ。

忠次郎　まあ仕方がねえ……もう腹いっぱいだ。（立ち上がって）さあ！　始めようかな？

忠次郎、斧を手に取り、舞台の奥のほうへ行って、木刀をこしらえている。

漁師の歌声がまた聞こえてくる。

藤兵衛、食堂の後始末をし、残り物を風呂敷に包んで、キセルを出す。

藤兵衛　まあ、一服だ。（漁師のコーラス止む。振り向かないで）おい、忠次や、ここへ来て、昼寝せんか！　今夜まで稼がにゃならねえぞ。（このとき、振り返って見る）そこでなにしてるぞ？

忠次郎　いや、お父つぁん、なんでもねえよ……刀をこしらえてみようと思ったんだよ。前から手頃な木に目をつけていたんで！

藤兵衛　休むときゃ休むんだ。木刀なんかこしらえてなんになるんだい。どうも子どもはじっとしちゃいられねえからこまる。おまえみてえな者が侍になれるなんて……木こりは木こりにきまっているんだ。つまらぬことを考えるもんじゃねえ！

忠次郎　（木刀を試しに振り始めて笑いながら）おれは昼寝の暇なんかねえ。でも、お父つぁんはゆっくり休むがいいよ。おらあ邪魔せんよ。

藤兵衛　おめえのような気違い侍のそばで眠られるもんかい。

忠次郎　（木を相手にしてにらみつけ、盛んに打ち叩き）お父つぁん気をつけないと危いよ。ちょっとお父つぁんを相手にしてみようか。（笑いながら木刀を振り上げて、打ちかかっていく）

藤兵衛　おい！　危ないじゃねえか（少し体をそらせてキセルで防ぐ）これ！　やめねえか、やめねえか。おまえの相手にされてたまるもんか。そう腕を練りてえなら、木でも相手にしていな！

忠次郎、言われるままに林に向かって木刀を振る。

藤兵衛　これじゃ眠くても眠れやしねえ！　困ったもんだ……。（突然）ああ、いいことがある……忠次や。

忠次郎　なにい？　お父つぁん、もう一ぺんかかって来いと言うのかね？（かかろうとする）

藤兵衛　いやいやそうじゃねえよ！　まあ、ちょっと聞いてくれ。そう眠たくねえなら、今晩おっかさんにみやげの茸《きのこ》でも捜してきてくれねえか。きっとおっかさんが喜ぶぞ！

忠次郎　茸？　ああ、そうそう昨日そいつをおっかさんと約束したんだ。じゃ行って来るよ。

藤兵衛　あまり遠くへ行くんじゃねえぞ。海岸のほうにゃ茸はねえよ。

忠次郎　（出て行きながら）心配せんで！　お父つぁん、袋にいっぱい取ってきてみせるぞ。（左側より退場）

藤兵衛　ああ、やっとせいせいした。まあこれで一寝入りできるかな。若い奴はちょっとの間でもじっとしちゃいられんらしい。（しばらく昼寝の所作）……

忠次郎　（突然走って来る。そわそわしている）お父つぁんお父つぁん！　お父つぁん！

藤兵衛　やかましい。まだ、まごまごしていたのか？うるさい奴だなあ！

忠次郎　いいや！　お父つぁん！　お父つぁんよ！　背の高けえ変な侍がいたんだよ。おらあ、たまげた！

藤兵衛　（静かに立ち上がる）おまえの頭にゃ侍のことだけこびりついているから、なんでも侍に見えたんだろう。こんなところに侍なんかいやしねえ。安心しな。

忠次郎　いや。お父つぁん、ほんとうだよ！　間違いねえよ。すぐそこの坂を登って来るよ。なにか合図したようだったが、こわくて、すぐ逃げてきた。

藤兵衛　（少し笑い顔になる）あほだらめ！　なにを言うてるのか！　そうだろう、それこそおまえのいい相手じゃねえか……。

忠次郎　（なおも恐れて）こっちのほうへやって来る。（父の着物の端を引くようにして）逃げよう！　隠れよう！　お父つぁん……隠れよう。

藤兵衛　（半信半疑の態度）いったい何者だ。正体を見届けてやる！　なにが恐ろしいんだ。いねえじゃねえか。恐れるんじゃねえよ。わしはこの年になるまで侍を見たことは一度もねえ。

忠次郎　（左方を指さし、小さいしかも強い声で叫ぶ）ああ、そこ！　そこへ来た！

２人は前方を見つめながら、そのまま驚いて、舞台右側へ後退する。

左側からシドッティ登場。

第　2　場

〈藤兵衛、忠次郎、シドッティ〉

シドッティは武士の扮装をしている。背が高く、優雅な重々しい体つき。大きな袋を肩にしているが、だいぶ疲れている様子。下手な日本語を使う。

シドッティ　（水がほしいという仕草をする）おーい、……水、水！　水を望む。

親子は恐れて近寄らない。

シドッティ　恐れるな。私、正しい人です！　水！　水飲みたい！

藤兵衛　へえ、わかりますが……その刀……。(手でシドッティの刀を指す)

シドッティ　(合図がわかって) あっ！(すぐ刀を地面に置く)

2人安心して近づく。

藤兵衛　飲みてえとおっしゃるんですかい？　ちょっと待ってください。(茶碗を持って来て飲ませる)

シドッティ　ありがとう。天主様《デウス》……、あなたを祝福するように。

藤兵衛　(茶の不足に気がついて忠次郎に向かい) 滝まで水を汲みに行ってこい！

忠次郎、茶瓶を持って退場。

シドッティ　あなたは善い人……(金貨を藤兵衛に差し出し) これあげます……取って……。

藤兵衛　(これを断る) いいえ、いいえ。いらない。ありがとう。ありがとうごぜえます。(少しずつシドッティを信じるようになり、疑いも次第に晴れる様子を示す) よほどお疲れなさったようだが……。

シドッティ　そうです。昨夜から今までこの森の中を歩きました。たいへん疲れました。

藤兵衛　それじゃここに座って、お休みになっては。

シドッティ　ありがとう。ありがとう。

２人共、座る。

藤兵衛　あいすいませんが、おまえさん、遠いところから来たんかね？。

シドッティ　そうです。イタリアから。ローマから。

藤兵衛　へえ！？　ローマ？　そりゃいったいどこかね。そのローマっていうのは？

シドッティ　（大きく身振り手振りをして）ずうっと西のほうです。遠い、遠い。ここまで来るため何年もかかる。海はたくさん、船は少しだけ！

藤兵衛　ええっ、（ちょっと考える所作）もしやおまえさまは南蛮の国からではねえかね？（次第に自分で納得する所作の後）つまり、おまえ様は南蛮人かね。

シドッティ　はい、昨日の晩、ここへ船から上がりました。ここ、日本の土でしょう？

藤兵衛　へい。ここは屋久島という島でして。鹿児島の殿様の領分内、つまり日本には違いないが。

シドッティ　ああ……デオ・グラツィアス。[*22]デウス様のおかげでとうとう熱心に望んでいた国に着きました。（感激にあふれ、跪《ひざまず》いて地に接吻《せっぷん》する）デウス様！

---

*22　Deo gratias　ラテン語で「神に感謝」の意。

デウス様！　感謝いたします。

藤兵衛　（デウス様と聞いて、藤兵衛はこの外国人がパードレ[*23]ではないかと思い出す）けれども南蛮人のおまえ様。ご法度だのに、この日本へどうして上がりなすったかい。おそらく法度を知らねえんだろうのう。1歩足を入れても、異人にゃ厳しい罰が下るのも知らねえんだろう……。

シドッティ　（熱情に燃えて）知っています。よく知っています。しかし、カリタス　クリスティ　ウルゼット　メ。キリストの愛が私をうながしました。この危険はデウス様のため、霊魂《アニマ》を救うためです。私は金も名誉も捜しにきません。ただ天国《パラディソ》とアニマをもうけるために来たのです。ちょうどこのために来ました。この優れた日本の人々に真の宗教を知らせるために……またわれらの救い主イエス・キリストの大きい大きい愛、天国の道……。

これを聞いて、父親の代から、おぼろげに待ち望んでいた宣教師こそ、この人であると次第に気づいて、感動にあふれる。しかし、平気を装って、父祖の代から伝承してきた信者の用いる質問、すなわち独身であるか、サンタ・マリアを尊敬しているか、教皇様に従うかを遠回しに尋ねてみる。

藤兵衛　そんなら、あなた様は、ほんとうにキリシタン

*23　Padre　イタリア語、スペイン語、ポルトガル語で「神父」の意。

ですかい。

シドッティ　もちろんそうです。宣教師です！

藤兵衛　じゃ、奥様はお国で淋しがっていらっしゃるでしょうな。

シドッティ　いいえ、私たちは人々の霊魂《アニマ》のためにだけ働く。だから自分の家庭をつくることはできない。

藤兵衛　さようですか。立派なお心かけでござえます。それじゃサンタ・マリア様のメダイ[*24]をお持ちでござえませんか。わしに一目なりとも、おがませてくだせえ。

シドッティ　ああ、メダイア……持っている。（首にかけているメダイを見せて）これです。これです。これサンタ・マリアのメダイアです。（接吻する。そして深い信仰の態度を示す）サンタ・マリアのお助けによってここまで来ました。

藤兵衛（メダイにあまり念を入れないで）ああ、そうでござえますか。立派なもんですな。（感情が激してきて、抑えるのに困る。そのまま後の問答に入る）失礼ではござえますが……キリシタン宗のパパ様[*25]は、なんとおっしゃるのでござえますか。

---

*24　聖母マリアの像が彫られた首から下げる小さなメダルで、身につける人は聖母マリアの保護を受けるという信心のひとつ。

*25　カトリック教会の教皇のこと。

シドッティ　ああ。パパ様、今のパパ様はクレメンテ11世と呼びます。このパパ様の祝福と激励とを受けてローマを出発しました。

藤兵衛　（あまりの歓喜で泣き出し、少し声を高めて叫ぶ）パードレ様！　じゃ、あなた様はパードレ様で！　私もあなた様とまっこと同じ心、わしはそのキリシタンでごぜえます。ミカエルと申します。（敬虔《けいけん》なる信仰を態度に表し、泣きながら感謝する）

シドッティ、深い印象を受けて言葉も出ず、跪き、ただ目を天に上げて感謝の熱烈なる祈祷《きとう》を捧げる。

――間――

忠次郎　（水を持って登場し、それを見て驚く）お父つぁん！　お父つぁん……水汲んできたよ。

藤兵衛　……忠次……ここへ来い。（忠次郎を自分のほうに引き寄せ）跪いてパードレ様の祝福を受けろよ！

忠次郎、言われるままに跪く。

シドッティ　（藤兵衛に向かって）この子どもも信者ですか。

藤兵衛　そうです。わしのせがれです。

シドッティ　せがれ？

藤兵衛　へえ、わしの息子です。

シドッティ　（祝福する所作で、親しげに忠次郎のほうに手を載せ）名前はなんといいますか。

忠次郎　忠次郎……。

藤兵衛　霊名はフランシスコ。わしがつけましたんで。

シドッティ　ああ、フランチェスコ。……年はいくつ？

忠次郎　15……。（急に恐れを感じ、父に向かい小声で）お父つぁん！　おらあ、お役人が2人こっちへ来るのを見たよ。

藤兵衛　（驚き）ええそりゃほんとうかい？　パードレ様、あぶのうごぜえます。早うこっちへお隠れなせえませ。

シドッティ、その意味があまり分からず、ボンヤリしている。

藤兵衛　（刀と荷物とをあわてて取りまとめ、忠次郎に持たせて口早に言う）早うパードレ様を連れて森ん中へ入れ！　どんなことがあっても体を見せてはなんねえ。

忠次郎、シドッティの手を取り、急いで外に連れ出す。

第 3 場

〈藤兵衛、役人1、役人2〉

藤兵衛、平気を装ってキセルを出して一服する。

役人1、役人2、やがて右側から登場。

藤兵衛　ほぉー。

役人1　どうだい……近ごろは？　……まだとても暑いのう……。

藤兵衛　へい、へい、まったく暑いことでごぜえます。もう10月も半ばになりましたが……。（立って礼をする）

役人1　いったいおまえの仕事は？

藤兵衛　へえ、この通り炭焼きの木を伐る仕事でごぜえます。

役人2　時には釣りに行くこともあるかの？

藤兵衛　へえ、ご冗談でございましょう？　そんな暇なんぞとんとありましねえで。

役人2　なにか飲む物はないか。どうしても喉が渇いて仕方がないでな。

藤兵衛　こりゃ失礼しました。こんなところでごぜえますから、水でしたら、そこに少しあります。どうぞお飲みくだせえまし。滝の水でごぜえますから、冷たいには冷とうごぜえます。まあちょっとこの木蔭の辺へ腰でもおろしなせえまし。

役人2　（茶瓶を受けて少し威張るように）いや、これで結構だ。（飲む）

役人1　時におやじ！　昨日この辺りに異国の船が近寄ったという噂があるが、そのほうは何か見なかったかの？

藤兵衛　はい！　いえ、何も気が付きませえで、それにわしは恋止村《こいどまりむら》の者でごぜえますから。この森の中で朝から晩まで稼いでいるだけでして、海へなんぞ行く暇もありません。

役人２　（役人１に茶瓶を手渡しながら）しからばご同役、こりゃどうやら海端の村へ行って、あそこで調べるほかはあるまい。

役人１　（茶を飲んでから）あの村へ降りる一番近い道はこれだったかのう？　（左手の森の方を指す）

藤兵衛　ああ、湯止《ゆどまり》でがしょう。道はこれ１つだけでごぜえます。はい！（左方を指して）それを真っすぐ行きなせえますと、海端に出ますが……。

役人１　さようか。ありがとう。ではご同役、早速まいるといたそう。

役人２　しからばおやじ、世話になった。しかしお茶だったらなあ……。はっはっはっ。

藤兵衛　昼前にござらっしゃれば、お茶もごぜえましただに……何もおかまいしませえで……。

役人２　（歩き始めて笑いながら）今度は昼前に来るとしようか。はっはっはっ……じゃ。

藤兵衛　へいへい、ごめんくだせえまし。

第 4 場

〈藤兵衛、喜衛門〉

藤兵衛　(2人の役人をちょっと見送ってから) ああよかった！　とうとう行ってしもうた。(舞台の後方に行き、シドッティの出て行ったほうを目で捜す)

喜衛門　(右側から少し急いだ様子で登場) 藤兵衛どんか、やれやれ、やっとここで見つけたわい。

藤兵衛　(驚いて) やあだれかと思えば、喜衛門じゃねえか……何ごとぞい？　南蛮のでけえ船でも見たってんじゃねえか？

喜衛門　南蛮のでけえ船って？　藤兵衛どん、そんな冗談どころじゃねえんだよ。おらの親父の病がえろう重いのでな。

藤兵衛　えっ！　そりゃ！　そりゃ心配だのう、で急にや。

喜衛門　2、3日前から少し具合が悪かった。昨夜から急にひどうなって、時々うわごとを言う。なにしろもう80にもなれば年だからな。その上また熱がとても高えてきているんだからやはりそれもそうだろう。親父は今の世の中に、とてもかなわぬことだが、死ぬ前にぜひともパードレ様に会えるようにと一生涯、デウス様に祈っていたといい、そしてまたデウス様もその祈りを聞き入れてくださったと言ってきかねえんだ。親父の夢だ。きっと夢を見たんだろう。パードレ様を捜しに行ってくれ、捜しに行ってくれと、一生懸命に頼むんだが、それとてもできることじゃねえしな！

藤兵衛　（深い印象を受け、感動に震えて）それでも、デウス様にはおできなされんことはねえよ。

喜衛門　だってこの70年も前からパードレ様の影形もまったく見えねえじゃねえか。おらたちはちょうどジェズス様がおっしゃられたように、牧者のねえさまよい散らばっとる憐れな羊のようじゃ。この厳しい法度のでている時に、どうしてパードレ様がおいでになれようかい。

藤兵衛　（ますます感激し、沈黙している）

喜衛門　……おめえさんは臨終《いまわ》の時の祈りをよく知っている。だから親父を喜ばせ、そして立派な往生をさせるため、すぐ来てくれまいか！　それで今朝からおめえさんを捜していたんだ。お願いだからすぐに来てくだせえ。

藤兵衛　（物思いからさめて）いやいや、おめえ、お父《とっ》つぁんがパードレ様をお頼みになったんだから、ぜひともそのパードレ様を連れて行かにゃならぬわい。

喜衛門　ええっ！

藤兵衛　デウス様におできにならんことはないと言ったじゃねえか……。ちょっと……待ってろよ！　すぐにデウス様が奇跡をお見せなさるからの！

藤兵衛、シドッティを呼びに行く。

喜衛門、その間落ち着かない態度を示す。

喜衛門　何だか、おらにはさっぱりわからねえ。藤兵衛のやつ、嘘ばっかり言いおって。どうも困ったもんだ。少し気でも違ったのかな。それよりゃ、早く行って祈りをしてくれればいっそうありがてえんだがな……。あれこれと考えると、ああ、なんだか頭が痛うてぼうっとするわい。（悲しそうに頭を傾ける）

第　5　場

〈藤兵衛、喜衛門、忠次郎、シドッティ〉

藤兵衛　（シドッティと忠次郎と連れ立って登場）喜衛門どん、しっかりしろ！　そら、ほんとうのパードレ様をお連れ申したぞ！

喜衛門　（いよいよまごまごして言葉も出ない）……。

シドッティ　（藤兵衛に向かって）この人も信者ですか。

喜衛門　はい。一家、皆信者でございます。

シドッティ　（近づいて）ああ、わが愛する子よ！

喜衛門　おや、おかしいぞ！　（シドッティと藤兵衛を見つめる）こりゃ、ほんとうだろうか？　夢じゃあねえかな？

シドッティ　いやいや、ほんとうです。

喜衛門　（急にシドッティ神父の足元に跪いて手を取り泣き出す）ああ！　パードレ様、パードレ様……。

シドッティ　デウス様はあなたの霊魂《アニマ》のために、私をお遣《つか》わしなさいました。さあ、お立ちなさい。

藤兵衛　この人の親父が重い病気で、死ぬ前にパードレ様のおいでになるのを、大変待ちこがれているそうです。

シドッティ　ああ、そうですか。すぐに行きましょう。あなたのお父さんに早く会いたい。

喜衛門　ああ！　お願い申します。お願い申します。……（独りで）ああ、こりゃ！　ほんとうに親父に聞いていた奇跡というもんだ。

藤兵衛　でもよっぽど気をつけんといけますまいよ。役人がうろついているそうだからね。

シドッティ　私どもは皆デウス様の大きなみ手の中にいるのですから、大丈夫です。デウス様が心配してくださいます。

藤兵衛　とにかくまあパードレ様も大変お疲れのようだ

から、夕方まで少し待たれたほうがようございます！　暗くなってから行くほうが安心だ。

喜衛門　パードレ様、ここじゃ私ども2軒だけキリシタンでして、あとは外道ばかりだから、ひょっとおまえ様を見つけでもしたら、すぐにお代官所に訴えるに違えねえでごぜえます。だから藤兵衛の言う通りならっしゃるがええ……。

シドッティ　よろしいです。あなたがたの望みに従います。あなたがたに会って、ほんとうに幸せでした。心からデウス様に感謝しなければなりません。

喜衛門　パードレ様をお隠しせんければならんが、この奥に行きゃあ、わしの小せえあばらやがあるで……。

藤兵衛　（話をさえぎって）でも、こんな広々としたところじゃ、あまり長く話しているのも危ねえ。まあ早く森の中へでも隠れて、ゆっくり相談しようじゃねえか。（喜衛門に向かって）おまえ、パードレ様の荷物を持ってくれ。（シドッティに向かい）パードレ様、さあ、まいりましょう。（シドッティの腕をとり、助けながら連れて行く）

喜衛門　（シドッティの荷物を持って2人のあとに従いながら）実際、デウス様にはできないことはねえ！　なんてありがてえことだろう！

忠次郎　（シドッティの刀を持ち、勇んで誇らしげな所作で、最後に退場）おれはもう侍になったぞ！

—— 幕 ——

第 2 幕

時　第１幕の数日後の夕暮れ

舞台面　山麓の森林中。舞台の右手奥に前方の開いた１軒の小屋がある。夕日が横から舞台を金色に照らす。

第 1 場

〈シドッティ、忠次郎〉

シドッティ、聖務日課を唱えている。
今は神父の護衛となった忠次郎が、小屋の前で刀を振り上げ、剣術の練習に余念がない。
シドッティ、祈祷《きとう》を終わり書物を閉じ、十字架の印をなし、静かに忠次郎のほうへ近づく。

シドッティ　（慈悲深い態度をもって）フランチェスコさん！

忠次郎、練習を止め、神父に近づく。

シドッティ　聞きなさい。いたずらするために刀をあげたのではありません。

忠次郎　パードレ様、心配ご無用ですよ。本気でしているんでねえから。だが仕方がないときにゃ……。

シドッティ　いやいや、もし必要であっても手向かいするために使ってはなりませんよ。イエス様は抵抗しないで十字架に付けられました。そしてその敵をゆるしました。よく覚えていなさい。それでキリスト信者は力に力をもって答えないで、愛と犠牲をもってしなければなりません。

忠次郎　（少し笑いながら）パードレ様、そんなら、上陸なさった時どうして刀を差しとったんだね。

シドッティ　日本に入るために必要であると人が勧めましたから。

忠次郎　（元気いっぱいの声で）でもパードレ様をおいらどもは一生懸命お守りせにゃならねえよ。何十年も前から、たくさんのキリシタンがパードレ様の言葉や仕事を待ちこがれていたんだ。それだからいっそう、おいらどもの手落ちから、はるばるおいでになったパードレ様のお志を無駄にしてなるものか。おいらどもはデウス様の前で、しなけりゃならんこんな大きな仕事があるんだ！

シドッティ　（忠次郎の熱心に屈服して）まあ！　だが、デウス様の思し召しの通りになるでしょう。皆み手の中にあるのです。……ああ！　フランチェスコさん、私は昔たくさんのパードレたちがどんな犠牲を払っても、命を捨てても日本に入るのを熱心に望んでいた訳が、今よくわかりました。これほどあなたがたはキリシタンの教えを信じ、パードレ様を愛しているからです。……ああ、デウス様、いつまでもこの人々の心に、この信仰と愛とを保ってくださいますように。

忠次郎　……そうですね、パードレ様……。ジェズス様とサンタ・マリア様のお助けで、おいらたちの先祖はこの堅い信仰を守り通すことができたのです。またおいらたちに伝えたんでごぜえます。おいらのような若い者でも、たいそうこの信仰を愛しています。そればかりじゃねえ、この信仰を教えてくださったパードレ様がたも心から愛しています。パードレ様に何かこの愛の証拠をお目にかける覚悟ですだ。おゆるしくださったら、いつまでもパードレ様のお側におりたい。あなた様のおいでなさるところへはどこでもついていきます。

シドッティ　それはありがとう！　あなたはきっと私を助けることができる。道案内として、また後には伝道者としても……。

忠次郎　伝道者として……。（勇気を出して）だけど、パードレ様、おいらには１つ太え望みがあるんだが……。けど、もったいねえや。

シドッティ　もっとはっきり話してごらん。

忠次郎　（少しためらってから）……おいらもあなた様のように、パードレ様になることはできねえでしょうか？　あなた様を助けて、日本人のために働けますめえか。

シドッティ　（忠次郎のほうに手を置いて優しく言う）おお！　愛する子よ、あなたの心がわかればわかるほど、ますますそれが美しく見えます。フランチェスコさん、それはできますよ！　必ずデウス様はあなたの聖《きよ》い望みを果たしてくださるでしょう。もし日本の将軍様からの布教のおゆるしをいただけたら、きっと良くなります。私自身であなたに教えて、導いてあげます。まあ、デウス様に一生懸命に祈れば、きっときっとできましょう。

忠次郎　（舞台外の足音を聞くや急に振り向いてびっくりしたように刀の柄に手をかけて）だれだっ！

第　2　場

〈忠次郎、喜衛門、シドッティ〉

喜衛門　（舞台外より）忠次郎どん！

忠次郎　……ああ、喜衛門さんか、びっくりしましたぜ。

喜衛門　（登場しながら）パードレ様、今晩は！　（忠次郎に向かって冗談半分で）わしを討ち取るつもりだったか？

忠次郎、笑う。

喜衛門　パードレ様、少し早めにまいりました。

シドッティ　お父様は？

喜衛門　パードレ様、お父《とっ》つぁんはもう天国へ昇りました。あなた様のお見舞いくださったあとで、シメオン様のように心から感謝しながら喜んで、ほんとうに涙を流し満足しておりましたが、その晩、デウス様に召されました。

シドッティ　お父様の霊魂の上に平安があらんことを！

喜衛門　パードレ様、折りいってお願いしたいことがあります。じつはこの山のあちらの村にいるわしの兄が、どうしてもパードレ様にお目にかかりたい、祝福をいただきたいと申しまして、兄は家内と赤子を連れてこの麓まで来てるんでごぜえます。家内はひどく疲れておりますので、パードレ様にあいすまんことですが、そこまで来ていただけたらと、こう思いまして……。

シドッティ　ああ！そうですか。行きます！　すぐに行きましょう。（すぐ行こうとする）

忠次郎　危ないからおいらもついて行こう。

シドッティ　（立ち止まって）しかしお父さんが帰ってくるはずだから、だれかここに残っていなければならないでしょう！　だれもいなければきっと心配します。

喜衛門　（忠次郎の方をちらと見て）私が残りましょう。忠次郎どんは道を良く知っているから！　（行く手を指しながら）すぐこの下の道を降りて橋の上にいるから、立ち話をしねえですぐに森の中へでも隠れるんだよ。だれが通るかしれねえからのう。

忠次郎　わかった、わかった、じゃ行ってくるぜ。（シドッティを連れて退場）

第　3　場

〈喜衛門１人、後で藤兵衛〉

喜衛門　（あっちこっちをうろうろ歩きまわりながら独りごとを言う）ああ、なんという立派なお方じゃろ、パードレ様……。朝から晩まで一生懸命に祈り続け、飯もろくろく食べなさらねえくらいだ。デウス様から私どもにお遣《つか》わしになったパードレ様を、どうぞいつまでもいつまでもお守りくだせえますように！　頼りないわしら日本人の信者のために、かけがえのねえ、たった１人のパードレ様だ。（キセルを出して煙草を詰める）早う藤兵衛どんが来ねえかなあ……。（日没を見つめる）ああ、きれいな夕日だ！　気やすめに歌でも歌おうかのう。（「夕焼け小焼け」の歌に節をつける。昔の童歌があれば上々）

第２幕／第３場 「喜衛門の歌　夕焼け小焼け」 チマッティ作曲

藤兵衛　（登場し、しみじみとした声で）やれやれ！　喜衛門どん、おめえ１人かい。

喜衛門　ちょうど今、おまえのことを考えていたんだ。独りごとを言うてた。おかしいかい。まあ見な！　この景色を！　美しいってのか、何ていうのか、ひとりでに歌でも出てくるわい。

藤兵衛　おまえはのんきだなあ！　歌どころじゃねえのに。パードレ様は？

喜衛門　うん、忠次郎どんと一緒にそこまで行きなすったんだが。

藤兵衛　はてまたどうして？　どこへ行きなすったんだろう！　危ねえじゃねえか。

喜衛門　ちょっと用があってな。そこまで……。

藤兵衛　何のために？　え？　おい　どこへ？

喜衛門　ほかでもねえ。わしの兄貴が女房と赤ん坊を連れて、パードレ様にぜひどうしても、一目でもお会いしてえといって、山の麓まで来たんだがのう。ここまで登りきらずにいると、とうとうパードレ様が降りて行きなすったんだ。

藤兵衛　ここまで登るぐらい、大したことでもねえじゃねえか！　ここが一番危なくないんだぜ。一番いいんだぜ。

喜衛門　じつは、赤子を負ぶっている女房が、疲れちまって、よう登れないんだ。

藤兵衛　よっぽど気をつけんと危ねえぜ！　どうもパードレ様の上陸が知れているらしい。役人どもが捜しまわっているようだ。

喜衛門　だがこの辺なら大丈夫だろう、なに、大して危ねえこともあるめえ、怪しい奴も来ねえからな。

藤兵衛　しかし、そう安心もしちゃおられんぞ！　村の噂ではどうも油断がならん。もし役人どもがパードレ様を見つけたら、きっと長崎奉行に渡すに違いねえ！　危ねえ危ねえ！　そうしたらどうなるか。わしらのことよりパードレ様が、……おしまいだ！　そうなりゃせっかく隠れて陸に上がりなさったパードレ様が……。

喜衛門　そう心配ばかりするでねえ。大丈夫だよ！　ここが危ねえというなら場所を変えればいいじゃねえか！

藤兵衛　いやいや、よっぽど気をつけんといかん。

喜衛門　（外を眺めながら）あ！ もう帰って来なすったようだ。

第４場

〈藤兵衛、シドッティ、喜衛門、忠次郎〉

喜衛門　（忠次郎と共に登場するシドッティに向かって）お帰りなせえまし。心配しましたぞ！　パードレ様。

シドッティ　かわったことがありましたか？

藤兵衛　いや別に……。

シドッティ　ああ、そうですか。今信者の家族に平安を与えました。みな喜んで帰りました。

喜衛門　いろいろありがとうごぜえます。パードレ様。

藤兵衛　パードレ様、ちょっとここへ、腰をかけなすったら。お聞きしてえことがたくさんございますから。

シドッティ　よし！　よし！　私も尋ねたいことがたくさんあります。

３人、腰をおろす

忠次郎　わしは見張りをするから、安心してゆっくり話しなせえ。（舞台の端に立って見張りをしながら、３人の

話に耳を傾ける）

藤兵衛　まったく油断も隙もあったもんじゃありませんよ。喜衛門どんに話していたんだが、あなた様の上陸がもう知れ渡ってしもうて、役人どもが血眼になってあなた様をねらっているらしいで。

シドッティ　しかし、すべてをデウス様にお任せしましょう。私、長くここに留まることを思いません。私の考えは江戸まで行って、すぐ日本の将軍様から布教のゆるしをいただき、日本中に教えを広めることです。そうすれば自由に働くことができるでしょう。

藤兵衛　えっ？　江戸までですと？　そりゃ大変だ！　ここからじゃとてもとても遠うござえますよ……到底できやしますめえ。

シドッティ　あなたがたはどこにも真の信仰をもつ信者がいると言ったでしょう。その信者の家をめぐって訪問しましょう！　そして彼らの助けによって江戸まで行くことができるのを希望します。

喜衛門　そりゃ、隠れて信仰している信者がおるにゃおります。長崎や有馬や五島や豊後などには……。だが、パードレ様！　法度ときたらそりゃ厳しいですよ。前々から役人はどこでも漏らさねえような見張りをしていますよ。

シドッティ　怖れることはない！　デウス様の栄光のた

めに行きますから、また霊魂《アニマ》のための利益ですから、どんな妨げがあってもかまいません。

忠次郎　パードレ様がお出かけなら、おいらもついて行く！　どうしても行きたい！　お父つぁん！　いいだろう？

藤兵衛　（無言。微笑する。いくぶん悲しげにも見える）

シドッティ　ありがとう。あなたが一緒におれば安心です。あなたの助けはきっとたくさんよろしいでしょう。……しかし今信者たちの暮らし方や、信仰をどう守っているか少し聞きたいです。

藤兵衛　長い間の迫害でパードレ様が皆消えてしまいなさってから、何十年も経ちました。生き残った信者は人に知られんように家の中でキリシタンの信仰を続けて、パードレ様から教えられた御教を親から子、子から孫へと伝えてきました。

喜衛門　そうそう。またある信者の家では昔、パードレ・ヴァリニャーノ様のとき刷ってもらった古いキリシタンの教えの本と祈祷文を使っていますそうで。

藤兵衛　あるところじゃジェズス様やサンタ・マリア様のご絵とご像を大切にしまって、きれいな心で天に昇るように、臨終の際に床の前に置くそうでごぜえます。

シドッティ　ああ！　これは感心なこと、またうれしいことだ。……そして信者の頭《かしら》がいるのですか。

藤兵衛　たいがい信者のいる部落では２人の頭がおりますそうで。１人は子どもに洗礼を授ける務めがあり、も１人は祈祷の頭というて、お祈りをしますんで、とりわけ臨終《いまわ》のお祈りを暗誦して、この世を去る病人の助けをしております。

シドッティ　それは感心だ！　ああ！　それをマニラやローマへ知らせることができたら、どれほど、デウス様はお喜びになるでしょう。……（調子を落とし）今ちょっと真理についてあなたがたに尋ねてみましょう。もし間違いがあったならば一緒に直しましょう。

喜衛門　ええ、ありがとうごぜえます。ほんとうにわしらはいろいろわからねえところがごぜえますよって、よく教えていただきてえものでごぜえます。

シドッティ　よろしい。まず洗礼から始めましょう。この秘跡を授ける時どうしますか。

喜衛門　それは藤兵衛どんがよく知っています。ここじゃ信者はただわしどもだけです。用心のために長崎からこの島に渡ってまいりました。藤兵衛どんはここではわしらの洗礼と祈祷役をしてくれます。

シドッティ　ああ、そうですか。それでは洗礼を授けるためにはどうしますか。

藤兵衛　きれいな水を持ってきて、本人の頭の上にかけながら、定まった文句を言います。

シドッティ　文句？……何ですか？

藤兵衛　言葉でござえます。

シドッティ　ああ、わかった、そこまではいいです。その言葉を聞かせてください。

藤兵衛　でも、パードレ様、そりゃほんとうに大きな声じゃ言われねえ言葉でして、また大そう難しいんでして。

シドッティ　かまいません。言ってください。間違いがあれば直してあげます。

藤兵衛　では。こんなふうに言います。イエゴ　テ　バオチゾ　イン　ノームネ　パーテル　イエツ　ヒリオ　イエツ　スプリト　サンテ　アーメン。

シドッティ　（少々目を丸くし）大変なラテン語です！

藤兵衛　（びっくりして）ひどく間違っていますか。

シドッティ　いやいや！　安心して、安心してよい。もう一度ゆっくり言ってください。

藤兵衛　（先の語句を繰り返す）

シドッティ　発音……少し違っています。しかし必要な言葉は皆あります。洗礼は大丈夫です。安心しなさい。

藤兵衛　（安心して）ああ、そうですか！

シドッティ　しかし、なぜ日本語で言いませんか。

藤兵衛　そのまま教えられたんでごぜえます。

シドッティ　まあよろしい。今大切な言葉の正しい発音を言いますから、よく聴いてください。Ego te baptizo in nomine Patris et Filii et Spiritus Sancti.[*26]（エーゴ　テ　バプティゾ　イン　ノミネ　パートリス　エト　フィリ　エト　スピリトゥス　サンクティ）……わかりましたか？

藤兵衛　はは、はい。少しわかりましたが……あまり早過ぎる……もう一度言っていただけますめえか。

シドッティ　（またゆっくり繰り返す）エーゴ　テ　バプティズ　イン　ノミネ……。

藤兵衛　（筆と手帳を持っているのを思い出し、神父の言葉をさえぎる）いやなかなか難しいようで……（ただちに筆と手帳を取り出して書く所作）もう一度初めから言ってくだせえ。ここへ書きますから。書いておけば覚えやすかろう。

シドッティは一語ずつ書き取らせ、藤兵衛はそのあとを繰り返しながら手帳に書く。

忠次郎　（この対話に注意を引かれ警戒を忘れていたが、急にわれに返る。左手の方を不安げにじっと見つめる。藤兵衛が書き終わるころ、危険の切迫を感じ突然叫びだす）危ねえぞ！

---

*26　ラテン語で「私は父と子と聖霊のみ名によって、あなたに洗礼を授ける」の意。

危ねえぞ！　誰かやってくる。逃げよう！

藤兵衛と喜衛門、急に立ち上がる。

喜衛門　逃げよう。こっちから。さあ。

藤兵衛　パードレ様、早く早く。（シドッティを連れて右手へ退場）

シドッティ　（藤兵衛と喜衛門に助けられて退場しながら）私たちに心配しないで、自分を助けてください。

忠次郎、一緒に逃げず、シドッティを擁護する決意を抱き、小屋の背後に隠れる。

第　5　場

〈役人1、役人2、忠次郎〉

役人1、2登場。役人2は提灯を手に提げている。共にあっちこっちその辺りを捜しまわってくる。

役人1　（小声で）確かにここにおったはずだ。何やら拙者の目に付いたが、もはや逃げおったかな。逃げてもまだそう遠くへは行くまい。この森の中もどうやら怪しいぞ。

役人2　遠くへ逃げぬうちに早くまいろう。

役人１　しかし、油断はできぬ。あの毛唐、刀を差していたようでござるぞ。

役人２　いや、大丈夫！　そ奴のほうは人だましに差しているに相違ござるまい。早くまいろうではござらぬか。

役人たちが右手へ進もうとする時、忠次郎は刀を抜いて、突然、飛び出る。

忠次郎　何をっ！　通すもんか！

役人２　妙な小僧め！　生意気な奴！（じっとにらむ。）

役人２、刀の鞘を払い、役人１は十手を右手に持つ。

役人２　どやつだ！　神妙にせぬとようしゃせぬぞ！

忠次郎　ここを通さねえ！　引き返しな。

役人１　（役人２に向かって）何か、毛唐にゆかりのある奴らしい。邪魔をしようとする奴。召し取り申そう。（ここでしばらく立ち廻りがある）

忠次郎、手に傷を受けて、刀を取り落とす。

役人２　やい、小僧どうじゃ。（役人１の助けを得て、もはやあまり抵抗しようとせぬ忠次郎の身体を蹴りつけ、奥の樹に縛り付ける。それから右手のほうへ行きかける）

役人１　この様子じゃ、奥のほうが怪しうござるぞ！　さあ！　まいろう。（もう一度忠次郎を睨みつけて）小僧、悪いところに出たものじゃの！　毛唐奴もすぐに召し取るから、それまで待っとれ！

役人２　（提灯をかかげる）こしゃくせんばんな小僧でござ

る。

2人とも急いで退場。

第　6　場

〈忠次郎1人〉

忠次郎　（シドッティの身の上をしきりに気遣う様子で、役人どもの行ったほうを眺めながら高い声で叫ぶ）逃げてください。逃げてください！　役人が来ましたぞ！（首を傾けて、何かひとりでに安心したふうを示す）いや大丈夫だろう。うまく隠れておいでだろう……（心をこめて祈る）ああ、サンタ・マリア様！　パードレ様をお守りください！　またパードレ様のお出でを待っている大勢の信者の心をお察しください！　……ジェズス様、パードレ様をどうかお守りください！　助けてください！……身代りにはこのおいらをお使いくだせえまし。お願いです。（声を止めてしばらく。その間に縄をとこうと努力し身をあちこちもがきながら）何とかして縄をときてえ、パードレ様を救いに行きてえなあ。……（苦心して、もがいた末に、ついに片手を出す。それから次第に縄をとき、手拭で傷に包帯をし、急いで

落とした刀を拾い、シドッティを助けようとして右手へ走って退場する。しかし、またすぐに戻ってきて左手へ隠れる）

第　7　場

〈役人１、役人２、シドッティ〉

役人１、役人２、縛られたシドッティを連れて登場。

役人２　（非常に驚いて）あの小僧奴《こぞうめ》をしばっておいたのはここでござったな。（ちょっと捜す所作）あいつはどこへ逃げうせよったか。刀も見えない。

役人１　（外面だけ動ぜぬふうをする）逃げうせたのかも知れない。素早い奴でござるな！　もはや逃げたとあれば致し方あるまい。肝心の南蛮人を召し捕ったことであるから、ざるの目から出た小魚ぐらいは大事ではない。後日ということもござれば……ともかくこいつを捕らえてなによりというもの。

役人２　あのおやじと他の奴は案外な弱い奴でござったが、小僧のほうは油断できないと拙者は思うが、いかがでござろう。

役人１　とにかく、貴殿しばらくこれを番していてくだ

さらぬか。拙者は小屋を念のため、いまいちど調べ申す。どうもこいつの住居らしいから。（小屋に入る）

役人2　（黙然としているシドッティに向かって）上陸早々、人の心をたぶらかし始めおったたな。不埓千万《ふらちせんばん》な奴。もう逃げようとて逃がすもんか。

第　8　場

〈役人1、役人2、忠次郎、シドッティ〉

役人1が小屋からシドッティの風呂敷包みの持ち物を持って出るや、忠次郎、舞台へ跳び出し、敏速に刀でシドッティの縄目を断ち切る。シドッティを逃がそうとする一生懸命の所作。

忠次郎　お逃げくだされ！　早う！

役人1　また出おったか！　この度《たび》は容赦しないぞ！（役人2に向かって）やっつけろ！　そいつを！　（シドッティをしっかりつかむ）

役人2　小僧今度はひどいぞ。

役人2と忠次郎、立ちまわりを始める。

役人1は左手でシドッティをしっかりつかまえ、右手で十手を構える。

シドッティ　（急に忠次郎の身を心配して飛び出す）止まれ、止まれ。頼む……（忠次郎に）フランチェスコ！　そうしてはいけません。止めなさい。イエス様のようにしなければなりません。フランチェスコ、フランチェスコ！

忠次郎　（立ちまわりの動作を中止する。彼の目はシドッティの目とあう。電光に打たれたように後悔し、急に刀を捨てて叫ぶ）パードレ様どうかゆるしてください。パードレ様を守りたいけれど。おゆるしがなけりゃ……（シドッティの側に身を投げて平伏する）おいらもパードレ様と一緒に死んで行きたい。ジェズス様のように。ジェズス様のために……（しばらくうつろな目でシドッティを見上げる。また急に役人2の方に決然として向いて言う）おいらキリシタンだ、殺してくれ！

役人1　このキリシタン奴《め》を斬れ！

役人2　（悲壮なる少年の上に力強く刀を振り下ろす）

忠次郎　（重傷をこうむり、神父の足下に倒れる。血をしぼるような小声で言う）パードレ様！　パードレ様……。

シドッティ　（突然役人から離れ、忠次郎の傍に跪《ひざまづ》いて頭を上げ、心配そうに）フランチェスコ！　フランチェスコ！

忠次郎、最後の苦しそうなうめき声をもってそれに答える。

シドッティ　（目を挙げて天を見つめ、深い感激をもって）デウス様、この殉教者《マルチル》の善き霊魂を天国《パラディゾ》に受け取りたまえ。

役人１、役人２は無言のまま呆然としてそれを眺めている。

―― 急に幕 ――

第3幕

時　　1709年12月4日

舞台面　江戸キリシタン屋敷の取り調べ所。その奥には一段高く役人の席があり、机が並び筆硯紙類や座蒲団も見える。シドッティのために右の方に小さな腰かけを置いてある。すべては尋問の準備ができていることを示す。入口は右手奥と右手前にある。

第 1 場

〈為吉、長助〉

幕が開くと、長介は場内の整頓を終えるところ。

為吉　（恐る恐る登場）お父つぁん！

長助　おい、為《ため》か、なにしに来た。ええ。ここへ来ちゃいけないって言っておいたじゃないか！　も少しすればすぐお審問《しらべ》が始まるんだぞ。

為吉　南蛮人の？

長助　そうだ。もちろんだ。

為吉　あの南蛮人ってのは、たいへん変わった人なんだろうね？

長助　あれか、そりゃそうだ。よくわからないが、偉い人かも知れない。お審問に新井筑後守《ちくごのかみ》様までおいでになるんだから……。しかしおまえにゃ少しも関係ないことだ、家へ帰れ。

為吉　一度見たいなあ！　牢屋に入れて、なぜだれにも見せないんだろうね？

長助　そりゃまだお裁判《さばき》を受けていないからだ！　ともかく、おまえはすぐ家に帰れ！　ここにいちゃいけない！　お歴々《れきれき》様がお立ち会いなさるんだ。目ざわりになったら大変だ。帰らないと酷《ひど》い目にあうぞ。

為吉　だって、あの南蛮人のことを、いろいろ聞いてから、ほんの少しでも見たくてたまらないんだよ。

長助　いくらでも機会《おり》があるじゃないか。今日はどうしたって見られないのだ。早く帰れ。

為吉　しようがないな。それでは、お父つぁんの言いつけ通り、今日はあきらめてすぐに帰ろう。だけど……。

第　2　場

〈長助、為吉、役人 2〉

役人 2　（左手より登場）ごめん！　早いのう！　長助！

長助　おはようございます。（まだそこにいる為吉に向かって）おまえはまだ帰らねえか。

為吉　ええすぐに帰ります。

役人 2　（為吉を引き止めて）おい為吉！　おまえは南蛮人を見たくてたまらぬようだの。

為吉　見てはいけないのでしょうか。ちょっとだけでいいんですが。

役人2　（少しからかうように言う）ああ、それはいかん。おまえごときにはできない。しかし、おまえに見せたら、定めしびっくりするだろうな。

為吉　どうしてでしょう、大丈夫です。少しも恐ろしいとは思いませんとも。

役人2　あの南蛮人はな、大きいやつだ。（手振りで大きく空に描いて見せる）それはそれはこんなに高い鼻を持っている。目は特別に鋭い。おまえの心の中まで見通すぞ。

為吉　心の中まで見られたって、私には何にも恐れるわけはない。それじゃ、あなた様には何か恐ろしいわけがございますんでは……。

役人2　こりゃ！　こりゃ！　生意気言うな。拙者の心は堅固なる衣に包まれているんだからな、さすがのあの南蛮人も拙者の腹の中だけは見ることができないんだ。わかったか。まあ早く帰ったほうがよいぞ。

為吉　どうしても、あとで見せていただきとうございますが。

長助　とにかく、早く帰れ。今は邪魔だ。（為吉は仕方なしという所作で退場）

第　3　場

〈役人 2、長助〉

役人 2　いつも面白い小僧だな。

長助　ごめんくださいまし。失礼なことばかり申しましたが。まだほんの子どもでございますので。

役人 2　それはそうと、いったいお審問《しらべ》は何時に始まるんだったかな。

長助　もう間もないことと存じますが……。筑後守《ちくごのかみ》様も備中守《びっちゅうのかみ》様もお立ち会いをなさるようでございます。

役人 2　おお、そうであったか！　これは大変だ。

長助　へえ。特別あの南蛮人のお審問《しらべ》について、上様から直々のご命令をお受けなさいましたそうでございますね。

役人 2　そうだ。してまた、お審問の室はここであったな。

長助　さようでございます。こうして支度《したく》しているのでございますよ。

役人 2　しからば、あの南蛮人にも何か手頃な腰かけを備えておいてやれ。（場内の椅子を見て）ああ、これでよい。長崎から１か月以上の不慣れな駕籠《かご》の旅で、膝の痛みのためで立つことも座ることも敵《かな》わざるように見受けられるからな。

長助　それは、お気の毒なことです。せめて表へでも出して、歩かせることが叶いましたならば……。

役人2　それができなかったのだ。ご規則が厳重だからな。駕籠から出すことはもちろんのこと、人が駕籠に近づくことも到底できなかったんだ。50人がかりではるばる送られてきたのだ。

長助　50人!?

役人2　50人、1人だって減らすことも増やすことも許されなかった。鹿児島から長崎まで連れてきた時は、2500人だったそうだ。

長助　逃げるとでも思ったんでしょうか。

役人2　逃げることなんかできやしないさ。またあの高い鼻では、日本人のうちに入っても間違われないからな。それに今でもそうだが、あやつには逃げるつもりなんか毛頭なかったようだ。自分ではっきりと言うには、わが国にどうしても留まるために来たんだそうだ。オランダ人のように商売のためではないようだ。

長助　それは、それは！　珍しい者でございますね。

役人2　珍しくもあり、気の毒な者でもある。拙者もいささか心が痛む。それにしてもあやつの態度には感心いたした。落ち着きがある。苦しそうにもしない。愚痴は決してこぼさない。ただ大きな数珠を手にかけ、なにか知らぬが小声で時々独りごとを言いおった。南蛮の神様にでも祈りおったのであろう。あれがキリシタンのまじないだろう。

長助　きっと、変わった人間でございましょうな。日本に着いてからもうだいぶ経つんでございましょうか。

役人２　屋久島で、おまえは知るまいが、鹿児島のはるか南の島だが、そこで捕縛されてから、かれこれ１年にも相なるからのう。

長助　……だれかまいります……

長助、役人2、しばらく沈黙。

長助　ああ、通詞の今村様でございます。

第４場

〈役人2、長助、通詞〉

通詞　（左より登場）やあ！　これは、これは。

長助　今村様で。

役人２　ご苦労様でございます。

通詞　筑後守様ももうまいられるぞ。今、奉行殿と何かお話の最中だが、……もう支度は整いましたかな。

長助　粗末でございますが、準備万端、整いましてございます。

役人2　この度は最後の訊問でございましょうか。

通詞　さよう。本日は筑後守様と奉行殿のみでお取り調べに相なるはずじゃ。

役人2　はばかりながら、この異国人の処分はどうなりましょうか、今村様には、おわかりになっておいでてございましょうか。

通詞　拙者なぞもちろん伺い知ることもできない。しかし拙者だけの推察で話せば、お上代々の定め置かれた掟によってご処分になる。いずれにしても打首か磔刑《はりつけ》の外ではないように思いまする。

長助　お伺い申しますが、ほんとうにそんなに悪者でござりましょうか。

通詞　拙者は左様には思わぬ。態度を見ても堅固なる意志を見ても……。また学問もありそうじゃ。異国人ながら感心すべき者だろうな。あやつは何事にも知識が備わっているらしいが、ことに地理、天文、算数はその得意とするところらしいな。例えばある時などは、己の影を見て、今月は何月だから、今は何時だと言い当ておった。それには驚いたぞ。

役人2　それこそ魔法でござろう。

通詞　魔法といえば言えぬこともない。しかし拙者は一概にそうとばかりは片付けられぬように考える。拙者らの知っている算数では、説明はつかぬがな。しかし困ったことは、宗教について話すと、あまり深いことばかり言って、拙者らにはよくわかりかねることばかりだ。

長助　お伺い申しますが、通詞様には、南蛮人の申すことが、全部おわかりでございましょう。

通詞　うむ、……正直申せば、よくはわからぬのじゃ。この南蛮人の使う言葉は、ポルトガル語とか申す昔のキリシタン共の言葉でもない。また長崎へ来るオランダ人の言葉でもない。どこで習ったか、すこぶる珍妙なるわが国の言葉をも少しは使う。書物から取った言葉と、九州方面の言葉がまじった片言を使いおる。間に合わなくなると、おかしな手真似で意を通じようとする。しかし、もうだいぶ慣れたので、あやつの言うところもたいていは筑後守様はじめ皆様がたにおわかりいただけるようになった。今ではお審問《しらべ》の方々が直接あやつよりお聴き取りなさる。拙者は南蛮人の言うところを書き留むる役になった。それはそうと、拙者の席は、しさいあって今日は（右のほうを指して）そこに作っておいてもらいたい。（長助その言う通りにする）……それでは、お知らせ申し上げてこよう。すぐお見えになるから、よく気をつけておくのじゃ。（退場）

役人２　もう拙者も用済みだ。お歴々様がたの御前にでるのは恐れ多いことだ。拙者のほうでも願い下げじゃ。

長助　お待ちください。あなた様にも、何かお指図があるかもしれません。今少しご猶予をくださいまし。今村様のお話でも、どうやらそうらしかったのではございませんか。

役人2　お指図があったら、おまえ、よろしくやってくれぬか。

長助　しっ！　もうお出でになりました。(2人とも膝をついて待っている)

第　5　場

〈新井白石、横田キリシタン奉行、通詞、役人2、長助〉

下手より新井白石、奉行、通詞登場。
長助と役人2はお辞儀をしている。
3人、座に着く。新井を中央に、その右に奉行、左少し前方に通詞。

奉行　早速行って罪人を連れてまいれ。またその持物をことごとく皆持ってまいれ。

長助、役人2退場。

新井　これにて都合三度、わしはあやつの取調べをいたした。初めは今村通詞の助けを借りたが、だんだん慣れるにつれ、直接異国人の意思がわかるように相なった。さりながら、何分にもあやつの言う言葉を覚えるに暇を要せしことと、今までは肝心のことよりも、地理や歴史について尋問いたしたほうが多かった。

奉行　彼はオランダ人ではなきようす。

新井　もちろん、オランダ人とはいささか気質が違うように見受けられる。オランダ人のことと申せば、いつも「たぶらかす者」と申すそうじゃ。

奉行　商売がたきという程の関係からでござりましょうか。

新井　おそらく宗旨のゆえであろう。彼はお見かけのごとく、商人《あきんど》ではない。わしには、よくわかっておる。

奉行　拙者にはなお、腑に落ちかねるところがござりもうす。

新井　まことに彼は異国人として珍しき者だ。学問もあり、わが国の礼儀をもよくわきまえておる。わしには相当の人物なることが理解できる。さりながら彼らの宗旨のこととなれば、聞くに堪えぬ馬鹿げたることのみ申し立てる。

奉行　キリシタンのバテレンでござりますまいか。

新井　もとより左様なればこそだ。かつてこのキリシタン屋敷のバテレンどもの書き留めたる書類を、前もって相調べみたが、彼の申す所とだいぶ符号する点が多々ありと認むる。今のご時世なれば、彼の言うこともわからぬところが多いのだ。

奉行　しからば今一度訊問して、いかなる者か、いかなる目的があってまいったかを、とくと確かめ申そう。

新井　（審問のための参考資料・地図・書類を調べながら）この度訊問すべき事項はすでに相定まっておる。これには上様のおゆるしもいただいておる。長崎奉行所の調べたる書物も持参した。長崎にてはあまり相わからざりし様子。見られよ。（指示しながら）これは長崎にて取調べの際、異国人が書きたる己の姓名、説明のために絵や漢字らしきものをつけてある。

奉行　（それを見て笑う）さすがの筑後守様にも、この文字を読むことはおできになりますまい。

新井　（やはり笑いながら）いや、わしもこのような文字は習ったことがない。

第　6　場

〈新井、奉行、通詞、長助、シドッティ、役人1、役人2〉

長助　（登場してうやうやしく一礼する）連れてまいりました。

奉行　すぐこの席へ。

長助　かしこまりました。（一礼をして退場）

しばらくして役人１、役人２、シドッティを両方より支えて現れる。長助その後に従う。

シドッティは大形の十字架とコンタツ（ロザリオ）[*27]を首にかけ、役人２人に助けられ辛うじて歩み寄る。ひげは伸び、髪も後ろで簡単に結っている。沈うつな態度はかえって心の落ち着きを示す。鹿児島の大名からもらった着物を着けている。まず座ってから大きく十字架の印をする。ぽつりぽつりと語る様子で、またときどき言葉を繰り返し、手真似をも交える。度々高段の人々に敬礼をする。

新井　本日も、上様より直々にそのほうを取り調べよとのご命令を受け、またそのほうを呼び出した。そのほう、いつものごとく正直に答えるであろうの。

シドッティ　どうぞ何でもお尋ねください。私の答え、疑わないでください。偽りは名誉を重んずる人のことではありません。また私の宗教、これを厳しく禁じているのです。

新井　そのほう、本日は一段と疲労しているように見受ける。されば主要なることを取り調べるに止める。この度は最後の調べなれば、直ちに上様に報告のう

*27　ロザリオはカトリック教会の伝統的な信心で、キリストの生涯に現れた神のいつくしみの神秘を聖母マリアとともに黙想する祈り。またその信心で用いる数珠状の用具。

え、重ねてご使者がくだされようぞ。その節は心得て、よくよく注意して返答いたせ。(シドッティ、一礼する)

新井 (準備した書類を見ながら)では相訊ねるが、そのほうはいずこの国の者じゃ。

シドッティ イタリア人です。パレルモに生まれた。

新井 (通詞に向かい)前にも申した通り異国人の申す町はどこにあるか。

通詞 ……南のほうにある小さな島の町らしうございます。

新井 後程地図にて今いちおう取り調べよう。……そのほうの名はなんと申す。今一度はっきりと申してみよ。

シドッティ ジョワン・バッティスタ・シドッティ。

新井 ヨワン・バチスタ・シローテ。

シドッティ いいえ、シドッティ。

新井 ああ、シローテか。よしよし。そのほう、なん歳に相なる。

シドッティ (日本語を思い出せないのでラテン語で)クワラ……クワドラジンタ……(思い出したと思い)14です。

新井 なに? 14?(皆驚いて笑う)

シドッティ はい、14。(と言って両手を開き、4度振り上げて40だと示す)

新井 ああ40だな。40ではないか。

通詞 (シドッティに向かい)14と40は大変なる違いだ。

しかし無理もないこと。

新井　わかった。……身分はなんじゃ、なにを業《なりわい》としておるか。

シドッティ　ローマ・カトリック、パードレです。

通詞　キリシタン宗の坊主か、神主のような者でござります。

新井　わかっている。……まだ両親や兄弟は達者でいるか。してまた、いかなる身分じゃ。

シドッティ　父はもう死にました。ただ70に近い母と１人の兄と、また１人の妹が残っております。兄は私のようにパードレです。

新井　（地図２枚を取り出して）どこで船に乗ったか、またわが国までいかにして来たか、この地図の上に、そのほうの旅の路筋を示してみよ。（役人に向かって）このほうへ連れてまいれ。

役人に助けられてシドッティ、新井の机の前横へ行く。

新井　（1枚の地図を示す）これはかつて支那において作られたるリマトウとか申す者の輿地《よち》全図じゃ。支那が世界の中心となっておる。

シドッティ　（すぐにも理解できぬ様子を示し）リマト？

新井　リマトウだ。存ぜぬと申すか。そのほうのように南蛮人じゃ。昔支那に住んだバテレンだと聞いている。

通詞　申し上げます。呼び方が違うからわからないのでございましょう。もしや南蛮人でリマトウと言ったら、リチとか申す者でございませぬか。

シドッティ　ああ、パードレ・リッチ。[*28] よく知っています。イタリア人です。有名な学者の宣教師です。……しかしこの地図はわからない。

新井　（観衆にも見えるようにして、ほかの地図を指示しながら）これはどうじゃ。わかるか。これはオランダ人の作った地図じゃ。

シドッティ　ああ、よくわかります。（あっちこっちと指しながら）ここはイタリアです。ここはパレルモ、私の生まれた所です。ここはローマ、キリスト教の中心。ここで私は勉強しました。ここはジェノア、ここからイタリアの船に乗って、7年前出発しました。スパニャのカジスまで行き、そこからフランスの船に乗って、アフリカをまわってインドまで来ました。そしてとうとう、ルソンまで来ることができました。

新井　しからば、だいぶ日数も要したであろうの。どれぐらいかかったか。

シドッティ　1年以上。

新井　（驚いて）……長き旅の概略をでも話してみよ。

シドッティ　それは言いたくありません。……ああ、大

---

*28　マテオ・リッチ神父（Matteo Ricci）1552-1610年。イエズス会司祭・宣教師として中国の明朝宮廷で活躍。リマトウは中国名。

変なことだった。

新井　しからば、それはそれとして、してまたいかなる船にて日本までまいり、いずこへ上陸したか。

シドッティ　ついにマニラの船で屋久島まで来たのです。日本へくる船がなかったので、４年マニラに留まりました。そこで学校や病院の慈善事業を助け、また日本語を少し勉強しました。ついにマニラから私のために作られた船に乗って、日本の屋久島に上陸することができました。

新井　なぜ、海上にて見かけたる漁船を追いかけたか。

シドッティ　追いかけたことはありません。水を頼んだが、彼らは、そこでは駄目だ、長崎へ行けと言った。そして自分で逃げました。

新井　よしよし……そのほうの席へ帰ってよい。（役人に向かい）連れてまいれ。（この間、奉行と新井と通詞との間に小声で問答がある）いつ、わが国へ渡来したか。その理由を申せ。

シドッティ　日本の国に真の宗教を教えてあげるためです。

新井と奉行、少し笑う。

新井　して、そのほう、なぜわが国の着物を着けてまいったか。

シドッティ　この着物は薩摩の大名からもらいました。

前に持っていた着物はあまり薄いでしたから。私ども宣教師は、規則として行く国々の風俗習慣に従うことになっています。また日本の着物はルソンで買いました。ルソンには日本人がいますから。

新井　そうか。わが国に渡って後の計画は何か。

シドッティ　（江戸に来ていることを知らないで）布教の許しを得るために江戸まで行く望みがある。しかし今あなたがたの望む通りにしましょう。

新井　（奉行に向かい）江戸に来ていることをまだ知らない！

奉行　なにしろ、ずうっと駕籠に入れられて来たので……。

新井　ただ１人で屋久島《やくしま》に上陸いたしたか。

シドッティ　はい、１人で。私の旅の友だちは総司教トマス・デ・トゥールノンという人で、自分の使命を果たすために、先にマニラから支那に渡りました。

新井　よほど以前よりわが国へ渡来を希望したとは事実か。また何びとがそのほうを遣《つか》わしたか。

シドッティ　子どもの時からこの望みを持っていました。（懐中より２冊の古い本を取り出して示し）そのためにイタリアで見つけたこの本で、日本語の勉強を始めました。これの中には日本のことがたくさん書いてあります。パパ様が私を日本に遣わすまで、この本で勉強しました。

新井　そのほうの言うパパ様とはいったい何者か。

シドッティ　ローマにいる私たちの宗教の一番上の頭です。

新井　日本に上陸して以来、だれかにキリシタンについて語り聞かせしこともあるか。

シドッティ　もちろん話しました。私はいつもこれを話す義務があります。またこのために遠い日本まで来たのです。またこのために、このような長い旅を続け、たくさんの苦しみや危険に臨んだのは、ちょうどこのためです。この大国に真の宗教を教えるためであります。

新井　なぜ、それ程の艱難辛苦《かんなんしんく》を忍ぶのか、わしにはどうも合点がゆかぬぞ。この地図で見るに、わが国は小さい国であって、遠く東の端にあり、しかも耶蘇《やそ》教なるものが厳禁されているのは、いずこにてもまた何びとといえども存じているはず。しかるにそのほう、それをも存じておらぬと申すか。

シドッティ　しかし一番小さな国というのはほんとうではない。国の偉いことはその面積によって計りません。この日本の尊いことを説明する、必要でない。次にまたこの日本でキリシタンの教えを禁じていることもよく知っています。しかしこの掟はただスペイン人とポルトガル人のためであって、私と関係ないと思います。私はイタリア人ですから。

新井ら互いに顔を見合わせる。

新井　とにかく己の都合利益を打ち忘れ、他人のために、数多の苦難を忍ぶというは、けなげの至りじゃ。そのほうは前に、国に老いたる母と兄妹とを残してまいったと申したが、なぜ、それほどまでにせねばならぬか、わしにはどうもわかりかねるがのう。

シドッティ　（少し悲しみに満ちて沈黙。やがて）日本にくるよう決まった時から、ただ布教することだけ心配しました。母も兄も妹も私の貴い使命をわかって、出発の時、喜んで私を祝福して別れました。

新井　ああ、さようか……。（奉行と少し相談して、長助に向かい）この者の荷物を持ってまいれ。

長助、1つの包を捧げて進み、うやうやしく一礼して新井の前に置く。新井、それを開きかける。

新井　して、これは皆そのほうのものか。

シドッティ、うなずく。

新井　何のために用いるのじゃ、またいつ用いるのじゃ。

シドッティ　（心配して）ミサの道具です。触ってはいけません。祝福されたものですから、触らないでください。

新井　（袋に手をかけたが、少し考えるところがあるらしく、それをやめ）さようか。しからば、そのほう自ら取り出して見せてくれ。

新井、長助に合図する。長助それをシドッティの前に運ぶ。

シドッティ　（満足して礼をする）ありがとう。（袋の中からミサの道具を１つずつ取り出して見せながら）これはカリスです。これは十字架です。これはご絵です。これは蝋燭台《カンデリエーレ》です……。

新井　もうよし。もうわかった。そのほうの宗教に使う物であるな。（長助に向かい）元の通りにして返しておけ。

奉行　（新井に向かい、小声で）珍しい物でござりましょうな。しからば、ちと宗教についてお訊ねくださらばいかがで。

新井　いや、それを聞くのは大変じゃ。わしは前に一度訊ねて困り申した。まあ、しかし訊ねぬわけにもいかぬ。ともかく訊問するといたそう。（シドッティに向かい）さて、そのほうの宗教の要点を申してみよ。答えは簡単でよい。疲れも酷い様子じゃによって。

シドッティ　（歓喜の様を顔に示し）おお！　布教の命令を受けてから、もう７年にもなる。旅のすべての苦しみ、疲れ、飢え、渇きの後、日本に来て皆様の前で公にキリシタンの教えについて話すことができます。ああ、なんと嬉しいことでしょう。

新井　早ういたせ。簡単でよい。

シドッティ　大自然をごらんください。これは決して、ひとりでにできたものではありません。すべて最上のデウス様から造られたものです。デウス様を天地の創造主と申します。それでデウス様はまた、一番最初の人間、男と女を最も幸福な有様にお造りになりました。しかし彼らは不幸にもデウス様に背いて罪を犯しましたので、この世の中に死やその他の不幸、苦しみが入って来ました。私どももその罪の不幸な結果を受けております。しかし後でデウス様のおん独り子イエス・キリスト様が人間となって、この世にお降りになりました。そして人々に真の宗教を教え、人間の罪を贖《あがな》うために十字架に釘づけられてお死にくださいました。

奉行　（嘲笑しながら）なに？　神様の独り子が十字架に釘づけられて死んだと？

新井　わしも前に申した通り、馬鹿げたことを申し立てる。

シドッティ　（苦悩を心中に包み、相手に幾分反駁《はんばく》気味に言う）いやいや、これはほんとうのことです。デウス様の教えてくださったことですから、だれでも信じなければなりません。もしお許しくだされば、もっと詳しくお話しいたしましょう。

新井　いや、それでたくさんじゃ。もうよい。もうよい。要するに耶蘇教なるものは、わが国にては厳禁せられおるゆえに、そのほうは今後絶対に教えを口にしては相ならぬぞ。いつまでも、愚かなることを申しおると、そのほうの命にかかわるぞ、よくよく思案してみるがよい。

シドッティ　このために死ぬることは恐れません。これも私の心から望んでいることです。

新井　もうよい。それにて止めよ。

奉行　そのほうも筑後守様のお心を察せねばならぬぞ。わかったか。さあ、そのほうの室へ帰ってよい。（役人に向かって）引いてまいれ。

シドッティ、なお何か言い続けたい様子であるが、仕方なくあきらめる。一礼して少しく悲しげな様を示しながら役人どもと退場。

長助は袋を持ってその後に続く。

第　7　場

〈新井、奉行、通詞〉

新井　横田殿、これで異国人の審《しら》べもほぼ相済み申した。早速取り調べの結果を言上いたさねば相ならぬ。さてわしの私案だが、参考に閣老までこう通じておこうと存ずる。この異国人を帰国せしむるが上策、獄舎に一生飼い殺すが中策、死刑に処するが下策。いかがであろう、わしのこの考えは。

奉行　老中様がたのお考えは、私限りの推測では、お上の厳しいご法度を犯せし者ゆえ、死刑の外はござりますまいと存じまする。殊にそれを知りながら犯し、上陸を敢えてしましたる者ゆえ、老中様方もご容赦くださることは万一にもありますまい。もちろん、邪教を捨てて、転べばまた別でござりましょうが。しかしあやつの様子では磔刑になっても到底転びそうにも見えませぬ。

新井　さりながら邪教の国に育ち、邪教をもって一生を奉ずる者。この度は長上の命により、はるかにわが国にまいった者。一面その真面目さを察すれば、憐門の情も禁じ難い。追い返して今後バテレンの渡来をローマとやらで、必ず思い諦めさせるほうが上策ではござらぬか。そのうえ政治上の野心ありとは見え申さぬ。1人にて来たり、1人捕えられたれば、他への影響も絶えてなき次第。

奉行　お考えの程は一応ごもっともに存じまする。しかし、あやつの場合に限り、寛大にご沙汰に浴しまするなれば、かえって邪宗を奉ずる南蛮の諸国にて、わが禁令緩みしとも思い違い、キリシタンのやから群をなして渡来することも無きにしもあらずと思います。また獄に投じて一生飼い殺すといたしますれば、永年に渡り、食物も要り、牢番役人らも欠くことができませず、ずいぶんと不経済のことに相なるかと存じまするが……。

新井　わしには、さくなくば支那へ渡る船にてルソンを経て帰国せしむるが最良の方法と存ぜられる。

奉行　いずれにいたせ、しかるべきご処置は上様御上聞のうえ、間もなくくだるでござりましょう程に。

新井　（会話打ち切りとする態度で）何はともあれ、本日の趣きを上様に言上つかまつろう。そのうえは老中衆より何分のご沙汰があろうと存ずる。さらば、各々。

各人皆立ち上り退場しようとする。

第　8　場

〈新井、奉行、通詞、為吉〉

為吉　（走って入場しながら大声で）お父つぁん、見たよ。（新井らが去らずにいるのに気が付き、びっくりして身を屈める）

新井　小僧よ！　何を見たるぞ、申してみよ。

為吉　（小声で）あの南蛮人で……ございます。

新井　そうして何と言った。

為吉　何も言いませんでした。ちょっとだけ私を眺めてにこにこしました。しかし私を見ている眼は大変やさしゅうござりました。

新井　（故意に少し強く）小僧、おまえは、南蛮人に同情を感じているか。

為吉、黙る。

新井　（奉行に向かって）この子どもは？

奉行　この屋敷の牢番の倅奴《せがれめ》らしうござります。

新井　子どもの心は正直なものだ。（為吉に向かい）南蛮人のお審問は相済んだぞ。小僧よ、おまえはあやつをどう思う。（冗談半分の態度で）どちらがいい、赦《ゆる》したほうがよいか、殺したほうがよいか。

為吉　（驚いて大声で叫ぶ）いやいや、殺してはいけない。

新井　（笑って）そうか、そういうおまえは殺しとうないか。うむ、まあ、よし、よし。

新井、奉行、通詞、一緒に退場しようとする。

為吉　（手を打って心から喜びながら）やあ、よかった、よかった。

―― 急に幕 ――

第４幕

時　　1714年（正徳４年）３月の朝、
　　　シドッティ逝去の数か月前

舞台面　江戸のキリシタン屋敷。シドッティの閉じこめられている粗末な牢の１室、後方の壁に赤い紙で作った十字架が貼ってある。また後方のすみに粗末な蒲団が畳んであり、中央には小さな簡単な食膳。ただ１つ左手に入口。
シドッティは、第３幕の時と同じ着物。なお元気を失っていない。髭だけは長く伸び、髭にも白髪が混じっている。

第　1　場

〈シドッティ、長助〉

幕が開くと、シドッティは小さい椅子に腰をかけ、ロザリオを手にして頭を垂れたまま深い黙想に入っている。
近づいて来る召し使い長助の「降る降る雪が」の唱歌に気が付かない程深く祈っている。

第４幕／第１場 「長助の歌　降る降る雪が」 チマッティ作曲

長助　（歌を止めると）ごめんください。

長助　箒《ほうき》を手にして、静かに登場。十字架の前で祈っているシドッティを煩わさないように、黙って待っている。

しばらくしてシドッティが気づく。

シドッティ　おお、長助さん。

長助　（すぐに）お早うございます。パードレ様。お邪魔でなければ、いつものように掃除をさせていただきますが……。

シドッティ　よしよし、ありがとう。

長助　今朝はまたずんと冷えますな。雪がちらちらしだしましたから。昨夜よく眠れましたか。お気分はどうですか。

シドッティ　おかげさまで変わりはありません。

長助　朝から晩までお祈りなさるんですから、せめて夜中だけでもお休みなさったら。私どものためだけでも大事にしてくださいましよ。あなた様がおいでになるだけで、毎日がこんなに楽しく送れます。（話しながらここかしこを掃除する）

シドッティ　夜眠れない時にどうして祈らないでいられましょうか。これが私の唯一の慰めです。少なくともこうして祈って、人々の霊魂《アニマ》のために働いて、私の使命をいくらか果たすことができると思います。（話を変えて）何か別な便りがありますか。

長助　いや、パードレ様、私どもも30年もの永い間、このお屋敷から出られない身です。世間のことは一向にわかりませんが……。しかし今朝、ちょっと耳にしたんですが、筑後守《ちくごのかみ》様とご奉行様がこの屋敷へお出ましになるという話です。ひょっとしたら、何かございますのでしょうか。

シドッティ　（びっくりして）筑後守様、来るって？　また何のためでしょうか？

長助　もうお審問《しらべ》もないはずですが、ひょっとしてまた何かパードレ様にお指図のことでもあるのでしょうか。

シドッティ　ああ、そうですね！　（審問の当時を追想して）

そうですね。あのお方は私に対していつも親切でした。いろいろなことを私に尋ねて、喜んで私の話を聞きました。（一転して悲しそうに）宗教についても話は出たが、その心は聖寵《グラツィア》*29 の働きに対しては閉じていた。あれほど学問があって知恵が鋭く、立派な人物であるのに残念なことだ。

外から乞食《こじき》の巡礼の鈴の音が聞こえ始める。

シドッティ　何にせよ、新井様のおいでになるのはうれしいことです。前よりももっと好感をもってくるかもしれない。デウス様、彼の心を動かし給うように。

巡礼歌が聞こえ出す。シドッティと長助、驚いて首を傾ける。

春の日の　のどけき光とこしえに
この家にあれと　神に祈らん
もろもろの悪しきをのぞき　ちよろずの
恵みの雨よ　ここに降れかし

*29　神の人間に対する救いの業、愛の恵みのこと。恩寵。ラテン語で Gratia。

第四幕 第一場 巡礼の歌
はるのひののどけきひかりとこしえに　このやにあれとかみにいのらんーーー
もろもろのあしきをのぞきちよろずの　めぐみのあめよここにあれかしーーー

第4幕／第1場 「巡礼の歌」 チマッティ作曲

長助　何ですか、見てまいりましょう。

長助が出ると、入ろうとしている藤兵衛との間に押し問答の起こる声がかすかに聞こえる。

シドッティ　（戸口に向かって）何ですか、長助さん。

長助　（登場して）乞食ですよ。どうしても入れてくれと言ってきかないんです。だが、どうしたってここに入れるわけにはいかねえ！

第 2 場

〈藤兵衛、シドッティ、長助〉

藤兵衛は乞食の風体、ぼろぼろになった衣物を着て杖と鈴を持っている。長助の話の終わりごろに頭を舞台に突き出す。シドッティを見つけると、にわかに飛び込んでくる。

藤兵衛　ああ！　パードレ様！　パードレ様。

シドッティ　おお！　藤兵衛さんではありませんか。

２人は感激のあまりしばらく言葉も出ない。長助、おどおどしながら見ている。

藤兵衛　ああ、やっとのことでお会いできました。

シドッティ　これはまあ！　ありがたいことです。お達者ですか、藤兵衛さん。だいぶおやつれになったようです。あなたがたのことを話してください。（長助に向かい）長助さん、どうしてそんなに驚いていますか。この人も立派な信者ですよ。私の前からの第１の友達です。

長助　ああ、この人も？　そうで、そうでございますか。

シドッティ　まあとにかく、朝御飯を持ってきてください。またこの人にも何かおいしいものを！　きっとお腹が空いているでしょうから。

藤兵衛　いいえ、心をつかってくだせえますな、ありがとうごぜえますが。

長助　（心配して）このぶっそうな所へよくまあ。他の者が見つけたら、３人とも危ないですよ。

シドッティ　見つけられないうちに、早く出て行ってもらったほうがありがたいですが、恐れなくともいいですよ。なるべく早く帰しますからね……（冗談半分）でもあなたが朝御飯を運んでくるまでは、どうしても帰しませんよ。

長助　仕方がない、じゃ持ってきます。でも後生だから、よく気をつけてくださいよ。（退場）

第 3 場

〈シドッティ、藤兵衛〉

藤兵衛　どうでございますか。パードレ様、ずいぶんとおやつれのように見えますが……？　やっとのことでお目にかかれて、わしはほんとうにうれしくて、まるで夢のようでごぜえます。

シドッティ　私にとってもあなたの訪問はまったくありがたいことです。デウス様はこんなに大きな慰めをくださるために、今日まで私を生かしてくださいました。

藤兵衛　指折り数えてみれば６年ですね、ずいぶんとひどい目にお逢いなさったでしょうな。

シドッティ　すべてはデウス様のお望みになったとおりでした。まだよく覚えています。あの晩捕らえられてから長崎にまわされて、厳しい訊問を受け、手に縄をつけられ、悪者のように牢屋に入れられましたが、オランダ人の通詞にされた事が一番苦しいことでした。そして１年後、遠いこの江戸まで引っ張ってこられ、ここでまた、何度も厳しい調べを受け、とうとうキリシタン屋敷のこの部屋へ禁固の身となりました。もうほとんど５年になります。

藤兵衛　ずいぶん厳しうござりますでしょうな。

シドッティ　いいえ、科人《とがにん》としては丁寧にもてなされています。それからまた牢屋の召使い長助さんは大変親切で、自分もまた奥さんも、１人の息子さんも皆キリシタン信者になりました。

藤兵衛　（喜んで）まあ！　それはそれは。

シドッティ　しかし私が一番苦しく思っていることは、教えを広めることができないことです。布教することは厳しく禁じられていますから……。しかしデウス様がこのようなにお定めになったのですから……けれども感謝します……。私が捕らえられてから屋《や》久島《くしま》に起こったことを少しでも話してください。

藤兵衛　パードレ様が縄目にかかりなさった後で、屋久島で厳重な取調べがごぜえました。でもわしらは山の中に隠れて、こっそり逃げることができました。よほど経って、わしはあなた様にどうしても一度お目にかかりたいと思い、こんな乞食になって巡礼しながら道中しました。村から村をめぐって歩き、旧い信者を捜し出し、あの晩パードレ様から教えていただいた正しい洗礼のお言葉を、教え教えして来ました。パードレ様が間もなく信者の間に現れなさると言うて一生懸命皆を慰め、皆に信仰をしっかり守れと言うてまわりました。そりゃ、パードレ様のことはもちろん話しましたよ。すると皆あなた様を慕うて、それからあなた様のお便りを待ちきっております。わしはいつかはどうしても、あなた様にお会いできる、お目にかからなけりゃならんと思ってここまでとうとうたどり着きました。サンタ・マリア様のご保護を受けて、ようやくお目にかかったわけで！　私のこのうれしさといったら、とてもとても口じゃ言いきれません。

シドッティ　（感慨無量の様子で）あなたのお話に私の心はまったく打たれ、すっかり慰めに満たされました。デウス様は私ができない布教、そしてまたあの愛すべき忠次郎さんが望んでいたこの大きな布教の使命をあなたに与えました。……あの子は天国から私どもを助けています。……私は直接に愛すべき信者のために働くことはできませんでしたから、いつも信者のために、心から祈り、今までどんな苦しみも、デウス様に捧げてきました。あなたは信者たちのもとに帰る時には、私の祝福をもっていって、これはあなたがたを深く愛するこの父の祝福であると言ってください。それから、またきっとパードレ様たちが間もなく来るから、辛抱して信仰をいつまでも守り続けるように、またそのためにサンタ・マリア様にも、よく祈るようにしっかり勧めてください。

藤兵衛　へえ、パードレ様、デウス様が助けてくださるから、私はきっと皆にパードレ様の祝福とありがてえお言葉をいただかせに行ってめえります。

シドッティ　（少し躊躇《ちゅうちょ》してから首にかけている十字架を取って、藤兵衛に渡しながら）これを私の形見として受けてください。この十字架は寛永14年、この日本の国で殉教したパードレ・マストリックの持っていたものです。……どうぞ臨終《いまわ》の信者にこれを接吻《せっぷん》させてください。全贖宥《しょくゆう》[*30]を得ますから。

すでにわずかに聞こえていた為吉の「どこから来たのか」の歌声がはっきりしてくる。

---

*30　すべての罪に対する神からのゆるしのこと。

第四幕 第三場 爲吉の歌
どこか らきたのかー とんでき たきのは
くるくるくるくる まわって くものす にかかり
かーぜに ふーかれて ひらひらひら ひらすれば くもは
むしかと よってくる

第４幕／第３場 「為吉の歌　どこから来たのか」 チマッティ作曲

藤兵衛　ありがとうごぜえます。パードレ様。きっと、私は生命より大切にして持ってまいりますからご安心くだせえ！　(愛熱に燃え、謹んで十字架に接吻する。２人とも感激にひたっている)

―― 間 ――

第　4　場

〈シドッティ、藤兵衛、為吉〉

為吉は、第３幕より数年後ゆえ、少し大人びている。食事を持って登場。

為吉　ごめんください。おはようございます。パードレ様！（藤兵衛を見て驚く）

シドッティ　お入りなさい、為吉さん、遠慮なく。いつも喜んでいるあなたは。

為吉　パードレ様、風は木の葉をちぎって行きます。だから私どもの歌を思い出しました。

シドッティ　日本の子どもは、あなたのように皆詩人ですか。……何を持ってきましたか。

為吉　パードレ様、朝御飯でございます。

シドッティ　ありがとう。見せてください。（食べ物の幾分を急いで手に取り藤兵衛に渡し、涙の出るのをこらえる様子で）それじゃ、これを持って急いで行ってください。……でも見つけられないように……私の心はあなたをいつまでもお留めしたいのですが、危ないですから早く行ってください。

藤兵衛　じゃ、パードレ様、お名残り惜しうごぜえますが、

これでお別れ申します。ごめんなせえまし……。私どものために祈ってくだせえ！　(涙にむせぶ)

シドッティ　(いたく感動する。天を仰いで) 天国でお目にかかりましょう！

藤兵衛、感慨深く涙を流し、パードレを懐かしげに眺めながら退き、最後に思い切って急に退場する。

シドッティ、この時初めて彼の出て行ったあとを眺める。

為吉、驚いてこの場面を見ている。

第 5 場

〈為吉、シドッティ〉

為吉　(しばらくしてシドッティに近づき、小声で) パードレ様、あの人はだれですか。

シドッティ　……私が日本に上陸して初めて会った信者です。

為吉　パードレ様に会いたくて、ここまできたのですか。

シドッティ、感動に満ちて、ただ頭を前後に振って返事に代える。

為吉　(食事の準備をしながら) ……早くお食べください。……今日はまたずいぶん寒いですね……寒に入りましたから、雪が降っております。今朝は遅くなりましたから、お腹が空いたでしょうね。

シドッティ、深い物思いに沈んでいて、為吉の言葉をうわの空で聞く。為吉はそれに気が付き、温かい思いやりをもって。

為吉　お食べになりませんか？　なぜ、今日は私の言うことを聞いてくれませんか。どうしたんでしょう。気分でもお悪いのじゃありませんか。

シドッティ　いいえ、いいえ、許しておくれ。私の深く愛するあの友達の訪問は、あまりにもひどく私の心を感動させたからです。

為吉　お父つぁんは、今朝御飯を持ってこられんようになったんです。だって、お母さんと一緒に突然さっき来たお客さんから呼ばれました。その時何か、筑後守様とかいうお名前も聞こえたんですが。それからいくら待っても帰ってこないんで、私が持って参じたんです。

シドッティ　（少し驚き）なぜ呼ばれたか、わかりませんか。

為吉　いや、何も言うて行きませんから。

シドッティ　何か変わったことでもあったんじゃないでしょうか……（心配を強《し》いて払い除けるような表情で）ともかく、デウス様が助けてくださいますから、何でもデウス様に任せて安心しましょう。

為吉　でもパードレ様、私にはどんなことが起こっても、ちっとも、心配になりません。パードレ様が私に洗礼を授けてくだされましたから、私はいつも元気で、どんな試練にも辛抱できると思います。心に宿っている大きな聖寵《グラツィア》を深く感じています。

シドッティ　わが愛する子よ。立派な正しい生活をして、その聖寵を常に心の中に保ち、ますます増やすよう努めなさい。

為吉　パードレ様の教えを守って、できるだけ実行する決心です。……でもどうぞ御飯を食べてください……もうだいぶ遅くなりましたから！

シドッティ　それじゃ、あなたに心配をかけないように少しだけでも食べましょう。（椅子に腰かける）だがあなたもここに座って、私の食事に仲間入りしてください。子どもはいつも食欲があるものです。（1個の大きな柿を渡して）さあ、これから始めなさい。

第　6　場

〈役人2、シドッティ、為吉〉

役人2　（あわてて登場する）パードレ様、お願いでございます！　拙者にも洗礼とやらをお授けくだされ！

シドッティ　（驚いて立ち上がり）何ですか、何を言っているのですか。

役人２　（シドッティの下に平伏しながら）洗礼をお授けくだされたい。お願い申しまする。ただ今、お歴々《れきれき》様の前で牢番の長助さん夫婦が自分の信仰をはっきり告白いたしたのを見て、私は驚いてすっかり感心いたしました。拙者もあなた様の教えを信じまする。拙者の心はもう信者でござります。あなた様の尊い教えに、今の今まで逆らい申した罪を、どうぞ、おゆるしくだされ。心から信じまするゆえ、直々洗礼をお授けくだされ。

シドッティ　（感激にあふれ）これはまったくデウス様の聖寵《グラツィア》の奇跡です。（深い感動を受け、どうなることかと心配している為吉に向かい）早く水を持ってきてください。（為吉退場。シドッティは役人２を立たせて）つまりどんなことでしたか、もう少し詳しく話してください。

役人２　筑後守様とお奉行様が突然みえられ、長助さん夫婦を審《しら》べ室へお呼び出しになりました。２人は何の躊躇《ちゅうちょ》もせず堂々とパードレ様の教えを信仰せしむね、自白いたしました。そればかりか、自分たちの信仰をあくまで守り通す覚悟のほどを示し、信仰のためならば、生命も喜んでデウス様に捧げるつもりであると主張いたしました。なんとけなげなる者でございましょう。それを耳にして拙者は独りで泣き申した。しかし、直ちに一番厳しい罰に処せられることに相なりました。

シドッティ　ああ、デウス様！　彼らの信仰を強め、最後の勝利を得るまで彼らを保護してください。

為吉　（茶碗に入れた水を持って登場）パードレ様、水を持ってまいりました。

シドッティ　よし！　よこしなさい。（茶碗を受け取り、役人2に向かって）では私が教えるすべての事を信じて、信者になりたいですか？

役人2　（シドッティの前に跪《ひざまず》きながら）はい！　すべてを堅く信じ申しまする。なおまた過去のあらゆる罪を痛悔し、デウス様に心からお詫び申しまする。

シドッティ　愛する子よ、それならば、喜んで洗礼を授けます。霊名として私の名をつけましょう、いいですか。

役人2　はい。

シドッティ　（茶碗の水を役人2の頭に注ぎながら）ジョワン　バプティスタ、エーゴ　テ　バプティゾ　イン　ノミネ　パートリス　エト　フィリ　エト　スピリトゥス　サンクティ（と洗礼の言葉を誦える。終わると感激して見ている為吉に茶碗を返す）

役人2　（見違える程の喜びを表しながら立ち上がり）ありがとうござりまする、パードレ様。拙者は今、誠に幸なる者になりました。何事が身に迫ろうと、少しも心配はありません。

シドッティ　子どもたちよ！　デウス様を讃美せねばなりません。天国《パラディソ》でも今日大きな祝日である。一緒に祈りましょう。

「主の祈り」を唱える。あるいは中にあるコーラスは歌ったほうがよい。

第四場 第六場
てんにまし ます われらのち
ちよ てんにまし ますわ れらのち ちよ ねがわく
はみなのとうと まれんことをー みくにのきたらん ことをー

第４幕／第６場　「主の祈り」　チマッティ作曲

第 7 場

〈役人2、シドッティ、為吉、奉行〉

祈りを唱えている時、突然奉行が現れる。露骨な嫌悪の表情をなし、軽蔑した語調で叫ぶ。

奉行　これはいったい何事だ！　何たることだ！

3人は非常に驚く。2人はシドッティから少し離れる。

奉行　（シドッティに向かい）貴様は！　今までよく申しつけておいた命令に、服従しておると申されるか。

シドッティ　（うやうやしく一礼して）どんなご命令に背いたか話してくださいませんか。

奉行　貴様！　邪教を広めてはならぬとあれほど申し渡したにもかかわらず、それを忘れて、キリシタン邪教を説き、馬鹿者どもを貴様の信者にしたことは、この場にもはや隠れもしない。

シドッティ　しかしどうしてもこの命令に従うことはできません。なぜならば真の宗教を教えることは私の務めですから。

奉行　拙者は貴様ごときと議論をするためにここへ来たのではない。貴様の犯した罪は、いったんは、上様のご寛大なるご下命で永禁獄となったのだ。それには筑後守様の一方ならぬお心添えもあることだ。磔《はりつけ》になるべきを、どなた様のお情けで命が助けられていると思うか。貴様を信用して、掟をよく守ることと思っていたが……このさまはどうだ。

シドッティ　けれども私は……。

奉行　つべこべと申すな！　拙者はかねがね聞きたる貴様の不届き至極な行いに対し、今日は改めて上よりくだった宣告を持ってきた。（軽蔑しきった態度で）ご上命を読んでつかわすほどに、謹んで承れよ。（読む）「上様のご温情により、今日までは寛大に差し置かれたるも、法度を犯し、禁制の邪宗門広むること明証あり、よりて改めて本日より厳重なる永禁獄に処す」。相わかりしか。もはや上には涙はないぞ。左様に心得たがよい。

シドッティ　（謙遜な態度で）デオ・グラツィアス！

奉行　（嫌悪の情を動作に示す。そして役人２に向かい）そのほうは何をいたしおる？　不届者め。

役人２　拙者も……パードレ様にわざわざお目にかかりにまいりました。

奉行　何っ！　もう少しはっきり申してみよ。

役人２　……パードレ様から洗礼を受けるためにまいりました。今は拙者もキリシタン信者に相なりました。パードレ様の御教を信じておる者でございます。本日よりまたとない世の果報者となり申した。

奉行　(怒気いよいよ烈しく)何を申すか。今一度申してみよ。

役人2　拙者もキリシタン信者でござりまする。

奉行　そのほうも邪宗門キリシタンに相なったとな。そのほうの言うことに、もはや間違いはないな。(軽蔑した態度で)首を斬るくらいでは軽過ぎる。そのほうも覚悟はいたしおろう！　よしっ！　こいつと同じく永牢を申しつくる。(奉行退場しようとする)

為吉　(追いかけて奉行を遮る)奉行様、私もキリシタンです。どうかどうか、同じ罰に処してください。お願いです。

奉行　(怒鳴り声で)何だと！　貴様もか……、よし、この上はそのほうたち一同に、後日改めて厳重に申しつくることがあろう。もはや容赦はないぞ。(あわてて退場)

第　8　場

〈シドッティ、役人2、為吉〉

シドッティ　(しばらくしてから、近づいてくる役人の肩を抱くように両手を広げる)デオ・グラツィアス！　愛する子どもらよ、元気を出してください。試みの時が来ました。しかし恐れてはなりません。デウス様は私どもと一緒にたたかって、きっと私どもを勝利に導いてくださいます。

役人２　（同情に満ちた声で）でもパードレ様、あなた様のお受けなさるお仕置きはきっと酷いものでございます。床下に掘られた真っ暗な穴牢の中に昼夜閉じ込められまする。そこでは飢えと寒さと病気があるだけでございます。（悲痛極まる表情で）……パードレ様は早死になさるでございましょう。

シドッティの顔は殉教を思う喜びに輝いている。これまで苦しみと犠牲を自分の最高の理想としていたので、今殉教に直面し、終わりまでますます燃えるがごとき口調で話す。

かすかに聞こえる甘美な音楽がこれに伴う。

シドッティ　ああ、信仰のために死ぬのはうれしいことだ。わが子らよ！　安心してください。あなたがたも私と同じ苦しみと悩みを忍ばねばならないことを考えてください。信仰を強めて、最後まで辛抱してください。この世の苦しみは短い。あの世でもうける楽しみは永遠である。

為吉　パードレ様、私どもは最後までジェズス様に忠実に仕えますから、心配しないでください。

役人２　そうじゃそうじゃ、どんなことがあろうとも……。

シドッティ　（愛情にあふれ、祝福するように彼らに按手《あんしゅ》[*31]し）

あなたがたの決心は実に立派なものです。イエス様もマリア様もあなたがたを祝福し、最後までお護りくださるように……。私もデウス様のお助けで殉教の盃の底まで飲み尽くし、これをあなたがたの忍耐のために、そして兄弟らの回心のために捧げましょう。そしてイエス・キリスト様の勇ましい兵として死んでいきましょう！　ああ子どもたちよ、勇気をもってたたかってください。もうひとときだ。そして皆一緒に天国《パラディゾ》に集まりましょう。ああパラディゾ！　パラディゾ！

3人とも幻を見るように喜びにあふれ、上の方を見ている。

—— 幕 ——

*31　司祭が祝福を願う者の頭の上に手を当て、必要な賜物を神に願い祈ること。

第1幕　第2場

第2幕　第7場

第4幕　最後の場面

関口教会児童会館での上演の様子（サレジオ会神学生）

出演者たちとタシナリ神父（後列右から３人目）

著者　クロドヴェオ・タシナリ

(Clodoveo Tassinari sdb)

1912年3月9日　イタリア、モデナ生まれ。
1929年9月14日　サレジオ会にて初誓願
1930年1月27日　来日（宮崎サレジオ神学校）
1936年11月8日　司祭叙階
1940 – 1943年　サレジオ神学院（練馬）修練長
1944 – 1946年　サレジオ神学院（練馬）院長
1946 – 1949年　東京サレジオ学園（成増）を創立、園長
1949 – 1955年　サレジオ会日本管区長
1956 – 1958年　サレジオ神学院（調布）修練長
1959 – 1965年　日向学院中学・高等学校校長
1966 – 1969年　育英工業高専校長
1969 – 1970年　中津修道院院長
1970 – 1980年　イタリア帰国
1980 – 1987年　別府サレジオハウス院長、杵築教会主任司祭
1987 – 1994年　別府教会協力司祭
1994 – 2012年　サレジオハウス
2012年1月27日　別府にて帰天（99歳）

殉教者《じゅんきょうしゃ》シドッティ　新井白石《あらいはくせき》と江戸《えど》キリシタン屋敷《やしき》　—研究《けんきゅう》と戯曲《ぎきょく》—

1941年8月25日　初版発行
2012年4月21日　改訂版発行
2014年10月1日　改訂版第2刷発行

著　者　クロドヴェオ・タシナリ
発行者　関谷義樹
発行所　ドン・ボスコ社
〒160-0004　東京都新宿区四谷1-9-7
TEL03-3351-7041　FAX03-3351-5430
印刷所　日本ハイコム株式会社

乱丁・落丁本はお取り替えいたします。
ISBN978-4-88626-531-9　C0016